www.munda.ch

AF199589

Ein ungeklärter Brandfall mit Todesfolge in einer herrschaftlichen Zürcher Villa: War es Brandstiftung, und falls ja, was hätte das Motiv sein können? Gewinnsucht, Sabotage? Oder war die Ursache doch nur einfach Unachtsamkeit?

Ein greiser ehemaliger Tabakhändler wird zum missionarischen Weltverbesserer. Er beauftragt den Erzähler, einen desillusionierten Journalisten, einen Ingenieur zu observieren um herauszufinden, ob dieser ein wertvolles Mitglied der Gesellschaft ist. Die Moralvorstellungen des Erzählers und des Ingenieurs liegen weit auseinander. Trotzdem tragen am Ende beide dazu bei, dass der Brandfall aufgeklärt wird.

Andreas Pritzker wurde 1945 in Windisch (Aargau) geboren. Er studierte Physik an der ETH Zürich und war als Forscher, Beratender Ingenieur und im Wissenschaftsmanagement tätig. Als Schriftsteller hat er neun Romane, zwei Erzählungen und drei Sachbücher verfasst. Zudem hat er als Publizist und Verleger verschiedene Texte veröffentlicht.

Der Andere

Roman

Andreas Pritzker

Neuauflage des Textes von 2019 mit Korrekturen
© 2021 Andreas Pritzker

Herstellung und Verlag:
BoD – Books on Demand, Norderstedt (D)

Umschlagbild: CanStockPhoto

ISBN: 978-3-7494-4614-8

Mehr Informationen zum Autor
und zu seinen Büchern sind zu finden auf
www.munda.ch

Für
meinen Freund und
Schriftstellerkollegen
Rainer Bressler

1

Die Kolibri-Bar war fast leer. Als ich eintrat war Eugen Anderegg daran, sich umständlich auf einen Hocker zu schieben. Seine Beweglichkeit war eingeschränkt. Das war mir bereits klar geworden, als ich ihn verfolgt hatte. Ich nahm an einem Tischchen im Hintergrund Platz, Rücken zur Wand, bestellte ein Tonic, das ich gleich bezahlte, und beobachtete ihn.

Anderegg blickte sich suchend um, musterte kurz die Gruppe von schweigsamen Trinkern in der entferntesten Ecke und beäugte mich misstrauisch. Ich starrte zurück, worauf er das Interesse verlor und sich abwandte. Sein Gesicht erhellte sich, als sich ein Neuankömmling neben ihn setzte. Anstelle eines Händedrucks begrüssten sich die beiden mit Schulterklopfen. Vor Anderegg stand ein bauchiger Kelch, dem Anblick nach eine Margarita. Der Neue bestellte ein Bier. Anderegg zückte ein Papierstück aus einer Jackentasche, entfaltete es und legte es auf die Theke. Die beiden Männer schienen etwas zu erörtern, sie redeten engagiert, mit ernsten Mienen. Andereggs Gesprächspartner kam mir bekannt vor. Dann erinnerte ich mich. Ich hatte ihn einmal an einer Pressekonferenz als Einsatzleiter der Feuerwehr erlebt.

Es war der erste Tag der Observation. Observation! Ich rede schon wie mein alter Freund Stucki, der als Detektiv bei der Kantonspolizei auf hohem Niveau Verbrecher jagt.

*

Anderegg war selbständiger Ingenieur. Sein Büro befand sich in der Nähe des Hauptbahnhofs, im Quartier nördlich der Geleise, wo die Mieten für einen Kleinbetrieb noch tragbar waren. Ich hatte in einem Café gegenüber dem Geschäftshaus, auf dessen Tafel beim Eingang auch Andereggs Name stand, gewartet. Ein Gebäude aus der Mitte des letzten Jahrhunderts, ohne jeglichen Charme. Der Fluch der Architekten: Entweder stellen sie als Künstler einen eigenwilligen Bau hin, aber der ist nicht zweckmässig. Die Bewohner freuen sich eine Zeitlang, weil sie mit dem exquisiten Stil auftrumpfen können. Dann nimmt der Alltag überhand. Sie ärgern sich täglich über Unbequemlichkeiten und stellen fest, dass der Unterhalt nicht bezahlbar ist. Oder die Baute ist funktional, dann wirkt sie durchschnittlich, gesichtslos, und ist zum Vergessen verurteilt.

Der Septembertag war mild, aber trübe, das Tageslicht gedämpft, nichts an der Stimmung besass Intensität. Zur Mittagszeit hatte sich für kurze Dauer die Sonnenscheibe milchig im Hochnebel gezeigt. Danach wurde wieder alles grau. Ich nippte an meinem kalt gewordenen Kaffee und dachte: grau wie mein Leben, dem die Farbe abhanden gekommen ist.

Vor dem Panoramafenster des Cafés spielte sich eine gewöhnliche Strassenszene ab. Menschen gingen geschäftig ihres Wegs. Es war fünf Uhr abends. Noch staute sich der Verkehr nicht. Ich bekam mit, wie eine Gruppe jüngerer Menschen aus dem Geschäftshaus trat und sich neben dem Standaschenbecher beim Eingang der Raucherei hingab. Süchtige eben. Die Rauchenden schienen allerdings bester

Laune zu sein. Keine Spur von schlechtem Gewissen. Die Stimmung war offensichtlich gelöst, ich nahm lachende Gesichter wahr. Das Thema konnte ich mir ausmalen: „Heutzutage dürfen wir nicht mehr gemütlich drinnen rauchen, aber auch uns tut die frische Luft gut, naja, was ist denn frisch an dieser abgasgeschwängerten Luft." Dann erschien Anderegg im Eingang zum Foyer, blieb stehen, zündete sich ebenfalls eine Zigarette an und beteiligte sich gutgelaunt an der Plauderei.

Anderegg rauchte! Der erste Punkt auf der Liste, die ich für den alten Küng zu führen begann. Ein fettgedruckter, negativer Punkt. Küng ist der Ansicht, man sollte das Rauchen in der Öffentlichkeit vollständig verbieten. Die schädlichen Moleküle, meint er, verbreiten sich in unserer Atemluft und erzeugen Krebs. „Wer in der Umgebung seiner Mitmenschen raucht, handelt unmoralisch", ruft Küng gerne aus, um zu ergänzen: „Zudem richten sich diese Süchtigen selbst zugrunde und verursachen hohe Kosten im Gesundheitswesen."

Anderegg rauchte, und ich hätte mir gerne eine Zigarette angesteckt. Aber ich habe das Laster vor sechs Jahren auf dringenden medizinischen Rat aufgeben müssen. Ich war damals erst siebenunddreissig, doch wurde die Pumpe störungsanfällig. Ich ging in mich. Ich kann dem Leben zwar nicht wahnsinnig viel abgewinnen, aber ich sagte mir, vielleicht kommt doch noch was Gutes. Also gab ich es auf, die Welt gefiltert durch den blauen Dunst zu betrachten.

Nach ein paar Zügen drückte Anderegg das Rauchzeug im Aschenbecher aus und marschierte davon. Der Feierabend war angebrochen, sodass ich Anderegg im Gewühl in kurzem Abstand folgen konnte. Zuerst schritt er gemächlich. Dann blickte er auf seine Armbanduhr und beschleunigte den Schritt. Und dabei fing er an zu hinken. Er konnte offensichtlich mit dem rechten Bein keine grossen Schritte machen. Der Mann hatte ein Hüftproblem! Damit bin ich vertraut. Nicht wegen mir selbst. Aber in meiner Familie grassiert die Leibesfülle. Ich kann mich davon nicht ausnehmen. Mag sein, dass mir dasselbe Schicksal auch noch blüht. Anderegg hingegen war schlank. Er musste sich sein Leiden auf andere Art eingefangen haben.

Mein Observierter war nicht zu verfehlen. Da hochgewachsen, schwebte sein   Kopf über der Menge. Leicht humpelnd schritt er voran und schlängelte sich geschickt durch die Menschen. Ich stellte fest, in ihm steckte Energie. Anderegg ist sechzig, scheint aber trotz Behinderung in beneidenswerter körperlicher Verfassung zu sein. Sein Tempo brachte mich – untrainierter, übergewichtiger Journalist mit berufsbedingt hohem Alkoholkonsum – jedenfalls ins Schwitzen.

*

Da Anderegg am Feierabend zielstrebig die Bar aufgesucht hatte, fragte ich mich, ob ich Küng berichten musste, sein Neffe rauche nicht nur, sondern sei auch Alkoholiker. Doch einen zweiten Drink genehmigte er sich heute Abend nicht. Anderegg verlangte die Rechnung. Als sein Gesprächspartner ebenfalls den Geldbeutel zückte, winkte er ab. Er zahlte, und vermutlich gab er ein beachtliches Trinkgeld, denn der Barmann grinste breit. Die beiden Männer glitten von ihren Barstühlen, was bei Anderegg ungelenk wirkte, und verabschiedeten sich. Ich folgte ihnen nach draussen.

Anderegg hatte es nicht mehr eilig. Er schlenderte zu seinem Büro zurück, das an derselben Strasse lag wie das Lokal. Weil er mich in der Bar erspäht hatte, hielt ich diesmal sorgfältig Abstand. Beim Geschäftshaus angekommen sah ich ihn im Foyer gleich den Lift zur Garage betreten. Kurz darauf fuhr er in einem Jeep Cherokee die Rampe hoch. Das gab einen zweiten Punkt auf der Liste für Küng. Anderegg wohnte zwar am nördlichen Stadtrand, doch hätte er leicht das Tram nehmen können. Küng regte sich auf, wenn jemand in einer solchen Situation für den Arbeitsweg das Auto benützte. Und er bestand darauf, dass es in Zeiten des Klimawandels selbst Gehbehinderten zuzumuten war, öffentliche Verkehrsmittel zu gebrauchen.

Für heute war die Observation beendet. Sie hatte bereits gezeigt, dass Anderegg nicht gewillt war, sich den gesellschaftlichen Erfordernissen anzupassen. Ich fühlte mich von seinem eigennützigen Verhalten provoziert und rechnete stark damit, dass sich die Negativliste weiter füllte.

2

Anderegg scheint ein eingefleischter Einzelgänger zu sein. Das ist ein provisorischer Befund. Ich observierte den Mann während der nächsten zwei Wochen. Zu diesem Zweck hatte ich um unbezahlten Urlaub nachgesucht und diesen postwendend erhalten. Unserer Zeitung geht es finanziell derart unerfreulich, dass Chefredaktor Steinemann geradezu auflebte, als ich ihm meinen Antrag einreichte. Küng entschädigt mich für mein Tun, und im Vergleich mit meinem Journalistensalär ist die Bezahlung fürstlich.

Da ich Anderegg im Alleingang beschattete, gab es leere Zeitspannen, über die ich nichts wusste, da ich mich derweil eigenen Bedürfnissen – Essen, Schlafen – widmen musste. Ich bemühte mich jedoch um ein möglichst vollständiges Bild. Ich parkierte morgens um sechs vor seiner Wohnung, registrierte, wie er kurz darauf zur Arbeit fuhr und folgte ihm durch den noch erträglichen Morgenverkehr. Ich hielt gemäss Stuckis Ratschlägen gebührenden Abstand. Anderegg als aufmerksamer Mensch hätte mich entdecken können. Da ich sein Ziel jedoch kannte machte es nichts, wenn ich ihn aus den Augen verlor – was ein paar Mal vorkam. Meine alte Kiste – wesentlich bescheidener als Andereggs Cherokee – stellte ich in einer nahen Parkgarage ab und platzierte mich im Café gegenüber seinem Büro.

Hier belegte ich einen Fenstertisch und erledigte am Laptop diverse journalistische Pendenzen. Immer wieder linste ich zum Geschäftshaus hinüber und behielt das Foyer sowie die Zufahrt zur Parkgarage im

Auge. Ein Glück dass der junge Mann, der durch das schmuddelige Lokal schlurfte und die Gäste unwillig bediente, sich um nichts kümmerte. Offenbar war es ihm scheissegal, dass ich den ganzen Tag hier sass, ein bisschen konsumierte und schrieb. Wenn ich Anderegg abends wegfahren sah, holte ich meinen Wagen und folgte ihm.

Anderegg wohnt in einem modernen, eleganten Bau. Ich hatte recherchiert und wusste, dass ihm die Wohnung gehörte. „Ansehnliche Wohnfläche, nicht ganz billig", hatte mein Informant beim Steueramt angegeben. Im Vergleich dazu ist meine eigene Unterkunft bescheiden. Doch ich beklage mich nicht. Vor allem, weil die Miete in der städtischen Liegenschaft sehr günstig ist und die Verwaltung mir erlaubte, die Bleibe nach meiner Scheidung zu behalten. In solchen Fällen sind Beziehungen von unschätzbarem Wert.

Vor seinem Haus angekommen verschwand Andereggs Wagen in der Zufahrt zur hauseigenen Parkgarage. In der städtischen, mit jungen Bäumen bestückten Allee fand ich immer einen Parkplatz, von dem aus ich Andereggs Wohnung beobachten konnte. Nach kurzer Zeit sah ich, wie im dritten Stockwerk die Fenster aufgingen. Anderegg pflegte, sobald er nach Hause kam, die Wohnung zu lüften. Ich hockte bis abends um zehn in meinem Auto, hörte Musik, kaute an einem Sandwich herum, das ich zur Mittagszeit zusammen mit einer Literflasche Mineralwasser vorsorglich gekauft hatte, und verfluchte den Auftrag. Die Herbstabende wurden kühl, doch um keine Aufmerksamkeit zu erregen wagte

13

ich es nicht, von Zeit zu Zeit den Motor laufen zu lassen um das Wageninnere zu heizen. Ich will noch anmerken, dass ich, getreu den Rezepten von Detektiv Stucki, die er nach dem dritten Bier gerne bekannt gibt, nur wenig trank – denn in der Umgebung von Andereggs Wohnung gab es keine öffentliche Toilette, und ein zielsicheres Pissen in die leere Wasserflasche traute ich mir nicht zu.

Also, während dieser zwei Wochen begab sich Anderegg abends nach Hause und ging nicht mehr aus. Keine Teilnahme an Vereinsversammlungen, kein Stammtisch, kein Besuch von Kino, Theater, musikalischen Darbietungen. Er war nicht eingeladen und er bewirtete keine Gäste. Eine Freundin oder ein Freund – ich besass noch keinen Anhaltspunkt über seine sexuelle Präferenz – war nicht in Sicht.

Halt. Muss das korrigieren. Ich gebe es nicht gerne zu und werde es im Bericht an Küng unterdrücken. An einem Freitag Abend verlor ich ihn und sah ihn erst wieder am Sonntag Abend in seiner Wohnung aufkreuzen. Vielleicht war er doch nicht der hartnäckige Einzelgänger, als der er mir anfänglich erschienen war.

Mittags verliess er sein Büro, kaufte sich in einem nahen Take-Away ein Sandwich – ich hatte von meinem Fensterplatz aus alles im Blick – und kehrte zurück, um die magere Beute in seinem Büro zu verzehren, wohl bei der Arbeit.

Die Arbeit bestand hauptsächlich aus Gutachtertätigkeit. Anderegg hatte sich gemäss seiner Website auf die Sicherheit von technischen Systemen spezialisiert. Und es sah so aus, als müsse er nicht um Aufträge kämpfen. Während der Observation verliess er zweimal das Büro zu Fuss und begab sich, von mir verfolgt, einmal zum Chemischen Institut der Universität und einmal zur Kantonspolizei. Das dritte Mal nahm er den Wagen und besuchte eine Sanitär-Firma in der Agglomeration.

*

Kaum hatte Anderegg die Polizeikaserne verlassen rief ich Stucki an und wollte wissen, was Anderegg bei den Ordnungshütern zu suchen gehabt habe. „Und spar dir den Scheiss von 'vertraulich, laufendes Verfahren' und so weiter", sagte ich.

„Stehst du etwa unten am Eingang und hast ihn weglaufen gesehen? Dann möchte ich eine Erklärung von dir. Und weshalb willst du das überhaupt wissen?" fragte er, ohne mit einer ehrlichen Antwort zu rechnen.

„Journalistische Recherche im Interesse der Nation", sagte ich, wie immer.

„Na gut, es ist nicht geheim. Anderegg untersucht den Brand in einer Villa am Zürichberg."

„Ich dachte ihr hättet eigene Experten?"

„Wir haben, auch die Feuerwehr hat, aber es ist Ferienzeit, alle Anwesenden sind ausgebucht."

„Es geht doch nicht etwa um den Fall Kuhnert?"

„Dir bleibt ja nichts verborgen. Genau um den geht es."

Darüber hatte auch unser Blatt berichtet. Bisher nur die Fakten, welche die Polizei an einer Pressekonferenz bekannt gegeben hatte. Doch damit war die Sache bestimmt nicht vom Tisch. „Affaire à suivre!" hatte Steinemann an der Redaktionskonferenz bereits bemerkt. Denn in der Öffentlichkeit wurde der Brandfall diskutiert. Ein klassisches Drama mit drei Personen: Grossmutter Lydia Kuhnert, der die Villa gehörte und die in der Szene der bildenden Künste eine Rolle als Mäzenin spielte. Sohn Silvio, erfolgreicher Unternehmer, auch er beachtlich betucht, zeitweise freisinniger Kantonsrat. Er lebte an der Goldküste in Küsnacht. Schliesslich dessen Tochter Tamira. Sie studierte angeblich Journalismus, war aber in Wirklichkeit ziemlich vergammelt und hatte bestimmt seit langem keinen Hörsaal mehr von innen gesehen. Sie hatte bei der Grossmutter gewohnt und in der Villa regelmässig wilde Partys veranstaltet.

Dann stellte sich heraus, dass Sohn Silvio geplant hatte, seine Mutter in eine Altersresidenz zu verfrachten und auf dem Gelände der Villa Luxuswohnungen aufzustellen. Eine Boulevard-Zeitung hatte eruiert, dass die alte Dame sich geweigert habe, die Villa zu verlassen. Statt dessen hatte sie angefangen, Küche und Bad zu renovieren. Die Zeitung hatte geschrieben, der Brand „komme Sohn Silvio sehr gelegen". Hätten sie es weniger verblümt ausgedrückt, wäre ihnen vermutlich eine Anklage wegen übler Nachrede ins Haus geflattert. Selbstverständlich gab der bürgerlich politisierende Unternehmer für viele von uns ein ideales Feindbild ab.

Auch die Staatsanwaltschaft fing an zu bohren und entdeckte diverse familiäre Spannungen. Es häuften sich die Anhaltspunkte, dass die Villa tatsächlich hätte abgefackelt werden sollen. Obschon der Brand schnell gelöscht werden konnte, war die alte Dame ums Leben gekommen. Sie starb an einer Rauchvergiftung.

„Und Anderegg soll die Brandursache und den Ablauf ermitteln?" mutmasste ich.

„Du sagst es."

Ich legte auf.

*

Dass die Polizei Anderegg als Experten einsetzte sprach eher für den Mann, den ich ausspionierte.

Sollte ich dies in meinem Bericht als Pluspunkt festhalten? Nein. Mir widerstrebt es, Beschlagenheit in technischen Belangen positiv zu bewerten. Hingegen notierte ich die für meinen Begriff mangelhaften sozialen Kontakte als Negativpunkte. Sozial nur im Berufsleben, sonst asozial wie ein alter Bär. Vielleicht sah das mein Auftraggeber nicht so, aber er hatte verfügt, dass alles, was mir auffalle, in den Bericht gehöre.

Nach zwei Wochen empfand ich die Observation nicht nur als unergiebig, sondern geradezu als stinklangweilig. Zudem war mein unbezahlter Urlaub vorbei. Ich musste wieder in die Redaktion zurück. Folglich meldete ich mich bei Küng und sagte: „Wir müssen reden".

Der alte Mann kicherte. Er geniesst es, wenn man ihm mit Redewendungen kommt, die er aus Fernsehfilmen kennt. Er bestellte mich auf den nächsten Morgen zu sich.

3

Norbert Küng war als Grosshändler mit Raucher-waren reich geworden. Eigentlich unverschämt reich sogar. Ich meine, so reich wird man nur, wenn man dem Volk mit überhöhten Preisen das Geld aus den Taschen zieht. Über diesen Punkt stritten meine Ex-Frau und ich zuweilen. Nicole war der Ansicht, wenn sich jemand im Markt mit Geschick behaupten könne, dann habe er den Reichtum verdient. Die Reichen spielten eine wichtige Rolle als gesellschaftliche Triebkraft. Sie warf mir vor, schlicht und einfach neidisch zu sein; ich hätschele den Glauben, zu kurz gekommen zu sein, und bemitleide mich deswegen. Vielleicht sei ich ja tatsächlich zu kurz gekommen im Leben. Doch dagegen könne man etwas tun. Allerdings müsse man aktiv werden und nicht darauf warten, dass der Staat für einen sorge. Ich zum Beispiel, argumentierte sie, hätte nach dem Studium alles getan, um mich in ein bequemes Nest zu legen und niemals einen Versuch unternommen, daraus herauszuklettern und flügge zu werden. Ich hätte eben jegliches Risiko gescheut. Mit dieser Aussage war dann der Punkt erreicht, an dem ich ohne zu antworten die Wohnungstür hinter mir zuschlug und mich in die nächste Bar verzog, um mich, platzend vor Protestgefühlen, volllaufen zu lassen.

Übrigens weiss Nicole, von was sie spricht. Sie stammt wie ich aus einfachen Verhältnissen. Wir haben uns als Mitglieder der SP kennengelernt. Doch dann hat sie sich weiter entwickelt, und heute leitet sie die Marketing-Abteilung eines erfolgreichen mittleren Pharmaunternehmens. Selbstverständlich ist sie aus der Partei ausgetreten, und ich denke, sie verdient heute das Doppelte bis Dreifache meines Journalistensalärs.

Viele Menschen aus meinem Bekanntenkreis haben sich weiter entwickelt. Auch Küng. Mit fünfundsiebzig – vor zehn Jahren – hat Norbert sein Geschäft verkauft und sich pensioniert. Dem vorausgegangen war ein mehrwöchiger Aufenthalt zur Winterzeit in einem marokkanischen Luxusresort, ausserhalb von Marrakesch am Fuss der Atlasgebirges in eine rötliche Wüste gebettet. Hier hatte Norbert über den Sinn seines – grösstenteils verflossenen – Lebens nachgedacht. Mir sagte er: „Ich habe rechtzeitig den Ruf des Muzzedins gehört!" Ich warf ein: „Muezzin." Norbert schaute mich verwundert an und fuhr unbeirrt weiter: „Auf einem Kamel durch die leere Wüste zu reiten, nur der Führer und ich, das war traumhaft. Und bei Besuchen im Oasendorf habe ich gesehen, wie wenig die Menschen zum Leben brauchen. Das sollten wir uns zum Beispiel nehmen. Aber am meisten berührt hat mich der Ruf des Muzzedins beim Sonnenaufgang. Das hat mich zur Besinnung gebracht."

Daraufhin erfand er sich neu. Von einem Tag auf den andern versagte er sich das Rauchen der teuren Havannas, die ihn ein Leben lang begleitet hatten. Nicht nur gab er seine Verwaltungsratsmandate bei der Tabakindustrie zurück. Er gründete eine Bewegung, die sich dem Ziel widmete, den Lebensstil der Menschen im Hinblick auf Volksgesundheit und Umweltschutz zu verbessern.

Er habe, erklärte Norbert, diese Bewegung im Schoss seiner Partei, der FDP, ansiedeln wollen. Doch die sturen Hunde, die damals wie heute in den Parteigremien sassen, hatten davon nichts wissen wollen. Also trat er aus der Partei aus.

Die Bewegung nannte er „Forum verantwortlicher Bürger". Sie war als Verein organisiert. Der Verein wurde mit Mitgliederbeiträgen betrieben. Doch wie nicht anders zu erwarten reichten diese kaum aus, um eine dreissigprozentige Sekretariatsstelle zu finanzieren. Es versteht sich von selbst, dass Küng die hauptsächlichen Kosten des Forums finanzierte, zu dessen Präsident auf Lebenszeit ihn seine Getreuen gewählt hatten.

Das Forum machte bald durch aufwändige Kampagnen in den Medien auf sich aufmerksam. Die Redaktion unseres Blattes betrachtete die Bewegung mit Wohlwollen, weil sie der Wirtschaft kritisch gegenüber stand und den masslosen Konsum verdammte. Steinemann delegierte mich an eine Versammlung des Forums, um darüber zu berichten. Auf seinen Vorschlag hin – und nachdem er bereit war, meinen Mitgliederbeitrag zu bezahlen – trat ich dem Forum bei.

Ich war angehalten, über die Aktivitäten regelmässig zu berichten. Das erwies sich allerdings als ausgesprochen mühsam. Denn die Versammlungen liefen äusserst langweilig ab. Die Traktanden interessierten mich keinen Deut. Sie und das, was die Anwesenden – alles wohlmeinende Menschen – dazu mit Eifer, aber sehr geschwätzig vorbrachten, entsprach den heutigen Trends, von denen unsere Zeitung ohnehin blattfüllend berichtete. Für meine Berichte pflegte ich mir daher ein paar Banalitäten aus den Fingern zu saugen und von Zeit zu Zeit, wenn er wieder einmal eine Kampagne gestartet hatte, ein Interview mit Norbert zu bringen. Darin verpackte ich immer dieselbe Botschaft: Die Reichen sind an allem schuld. Reiche Menschen sind egoistisch, ausbeuterisch, rücksichtslose Sklaventreiber und so weiter, doch manchmal gelobt so ein Mensch, sich zu bessern und gesellschaftlich in der richtigen Richtung aktiv zu werden – Paradebeispiel der zum Humanismus konvertierte Norbert Küng.

Aus lauter Langeweile gab ich an einer besonders zähflüssigen Versammlung ein paar kämpferische Voten ab – ich brauchte dazu nur eine Schublade meines beruflichen Gedächtnisses aufzuziehen. Dies gefiel Küng. Hinzu kam, dass Intelligenz in diesem Kreis so dünn gesät war, dass selbst meine begrenzten Fähigkeiten hervorstachen.

„Menschen wie dich braucht das Forum", rief Küng aus, der mich unverzüglich in seinen Freundeskreis aufnahm. Und nur der Hinweis auf meine berufliche Beanspruchung rettete mich davor, in den Vorstand des Forums gewählt zu werden. Was ich nicht vermeiden konnte war, dass Küng mich zum Ressortleiter beim Kampf gegen das Rauchen ernannte.

Ich habe diesen Job nicht gesucht, aber mich Norberts Wunsch gefügt. Auch ich halte es für nötig, das Rauchen zu bekämpfen. Es widerspricht schlicht der volksgesundheitlichen Vernunft. Nachdem ich selbst die Raucherei aufgegeben hatte, gebärdete ich mich eine Zeitlang als militanter Gegner. Inzwischen ist meine Leidenschaft bei diesem Thema erkaltet, aber mir fehlt die Energie zum Bruch mit Küng.

*

Norbert besitzt mitten in der Stadt ein elegantes Geschäftshaus mit vier Etagen voller Kanzleien namhafter Anwälte. Und in den zwei Etagen darüber befindet sich eine luxuriöse Attikawohnung – viel Marmor und Glas –, die er 'mein bescheidenes Penthouse' nennt. Der Begriff 'bescheiden' trifft hier schlicht nicht zu. Ausser den Wohnräumen gibt es einen Fitnessraum mit Hallenbad (die Grösse leider begrenzt aus statischen Gründen, pflegt Norbert seufzend zu bemerken), Gesellschaftsräume sowie eine hochmoderne Küche mit klimatisiertem Weinkeller. Von der Dachterrasse bietet sich dem neidisch staunenden Gast eine weiträumige Aussicht über die Stadt und die bewaldeten Hügelzüge, bei klarer Sicht bis zur Alpenkette in der Ferne.

Ich denke, ein beträchtlicher Teil der Menschen, die in dem von Norbert bewunderten marokkanischen Dorf leben, fänden in diesen Gemächern Platz.

Als ich um zehn Uhr morgens auf den Klingelknopf neben dem Lift, der direkt in Küngs Wohnung führt, drückte und mein Gesicht der Kamera präsentierte, tönte es aus dem Lautsprecher: „Bonjour, Monsieur Rohr, kommen Sie herauf." Es war die Stimme des Butlers namens James, der stets äusserst gediegen auftritt. James stammt aus der Romandie, und ein paar Jahre im Dienst eines echten Lords auf dessen Landsitz am Genfersee haben ihn geprägt. Er spricht Schriftdeutsch mit einem charmanten Akzent. Ich schätze sein Alter auf rund fünfzig Jahre, aber da er laut Norbert täglich im hauseigenen Fitnesscenter trainiert, könnte er auch älter sein. James ist vermutlich ein Berufsname, den er sich zugelegt hat.

Neben James arbeitet bei Norbert noch ein thailändischer Koch, der seine Kunst in Marseille erlernt und nun sein Glück in Norberts vollautomatisierter Küchenlandschaft gefunden hat.

James führte mich in den Salon, der durch eine Glasfront von der Terrasse getrennt ist. Die Fläche des Salons entspricht der Fläche meiner Wohnung. Der Boden besteht aus einem teuren Marmor, und die Möblierung lässt sich am besten durch die verwendeten Materialien charakterisieren: Chromstahl, Glas, Leder und ein paar edle Hölzer aus Afrika.

Den verantwortlichen Innenarchitekten hatte mir Norbert an einer seiner Partys vorgestellt. Es handelte sich um einen trinkfreudigen, gesprächigen Romand, den offenbar James angeworben hatte. Jean-François war ein notorischer Raucher, und Küng hatte mich als lebende Speerspitze gegen die Raucherei vorgestellt. Trotzdem verstanden wir uns glänzend. Übrigens durfte der Einrichter als einziger von Norberts Gästen in der entlegensten Ecke der Dachterrasse rauchen. Ich äusserte James gegenüber deswegen meine Verwunderung. James deutete an, Jean-François habe gedroht, den Auftrag hinzuschmeissen, falls er im Penthouse nicht rauchen dürfe. Und Norbert habe entschieden, er könne nicht auf den genialen Architekten verzichten, und hierauf die personalisierte Raucherzone festgelegt.

Im Salon sass Küng in einem Ledersessel am Panoramafenster. Er war ins *Liberale Blatt* vertieft. Als ich eintraf, faltete er kopfschüttelnd die Zeitung zusammen und sagte: „Alles aus konservativ-bürgerlicher Sicht. Aber den Wirtschaftsteil muss man lesen, auch wenn man nicht mehr zum Club gehört. James, bring Herrn Rohr doch bitte Kaffee."

„Sehr wohl", sagte James, und zu mir: „Grosse Tasse mit einem Tropfen Milch und einem Stück Zucker, wenn ich nicht irre."

„Sie irren sich niemals, James", sagte ich, und zu Küng: „Warum liest du denn nicht unser Blatt?"

„Passt mir zwar ideologisch besser, die Artikel sind aber von ungenügender Qualität – Beiträge von Anwesenden natürlich ausgenommen."

Ich berichtete Norbert von meinen Erkenntnissen. Die Negativliste beeindruckte ihn. „Ich hatte Eugen im Verdacht, einseitig zu sein, aber dass er dermassen unsozial ist habe ich nicht erwartet. Ich will aber meiner Sache sicher sein. Schliesslich geht es um eine grosse Verantwortung und um viel Geld. Observiere ihn weiter."

„Das kann ich nicht. Steinemann will mich wieder in der Redaktion sehen."

Küng überlegte eine Weile. Zu diesem Zweck erhob er sich und fing an, im Salon hin und her zu schreiten. Und wieder fiel mir auf, wie aussergewöhnlich hochgewachsen er war, lang und mager, knochig und mit einem kleinen, runden Kopf, dem die Haare ausgegangen waren. Schliesslich sagte er:

„Dann solltest du einen Weg finden, um beruflich mit ihm Kontakt aufnehmen zu können. Kannst du nicht eine Serie von Interviews mit ihm machen? Ein Grund fällt dir bestimmt ein, gewitzt wie du bist."

4

Der Grund ergab sich von selbst. Ich begab mich in Steinemanns gläsernen Kubus, von dem aus er uns alle, die wir im Newsroom schuften, ausspähen kann. Steinemann schien schlechter Laune zu sein. Er liess mich warten und starrte weiter auf seinen Bildschirm. Schliesslich knurrte er: „Was gibt's?"

Ich sagte, der Fall Kuhnert interessiere mich. Ich hätte erfahren, dass ein Sicherheitsexperte namens Anderegg von der Polizei den Auftrag bekommen habe, die Umstände des Brandes abzuklären. An den möchte ich mich heften und aus erster Quelle erfahren, was er herausfinde.

Steinemann reagierte unwirsch.

„Lass das bleiben. Ich habe Spiess beauftragt, im Fall Kuhnert zu recherchieren. Bin sicher, er wird eine saftige Story bringen."

Es schien, als ob auch Steinemann den Unternehmer und Sohn des Opfers, Silvio Kuhnert, in die Pfanne hauen wollte. Spiess ist bekannt für sozialkämpferische, glänzend geschriebene Beiträge, doch ich mag ihn nicht. Ich habe das Steinemann bei einem vertrauten Gespräch über einem Bier verraten. Mindestens einmal pro Jahr nimmt sich der Chefredaktor einen seiner Schreiberlinge zur Brust und geht mit ihm ein Bier trinken. Er nennt das „Mitarbeitergespräch", und es gilt die Regel, dass nichts von dem, was dabei geäussert wird, nach aussen dringt. Steinemann hatte den Grund für meine Abneigung wissen wollen.

„Es sind mehrere Gründe. Weil er weiss, dass er

gut schreibt, ist er zu aufgeblasen. Zudem lässt er sich von Stimmungen hinreissen und recherchiert nicht gründlich. Und schliesslich nervt er mich, weil er Raucher ist und sein schlechtes Gewissen beruhigt indem er erklärt, eigentlich wäre es Pflicht der Pharmaindustrie, ein Mittel gegen Tabaksucht zu entwickeln. Doch auf Druck der Tabakindustrie täten sie das nicht."

Steinemann hatte geschmunzelt. „Klingt reichlich blöd, zugegeben. Aber die Aussage erlaubt es immerhin, gleich zwei bei unserer Redaktion unbeliebte Branchen zu disqualifizieren. Unnötig dir zu sagen, dass die beiden Branchen in unserem Werbebudget praktisch keine Rolle spielen."

Jetzt fuhr Steinemann fort: „Und erzähl Spiess von diesem Gutachten. Vielleicht kann er damit seinen Text noch etwas pfeffern. Vom Gutachter wird er allerdings nichts erfahren. Ein Gutachter redet nur mit seinem Auftraggeber."

„Gut. Aber wie wäre es, wenn ich mit diesem Gutachter eine allgemeine Fragestellung untersuchen würde? Etwa ob es zutreffe, dass die Industrie, gewinnorientiert wie sie ist, bei der Sicherheit spare, weil sie sich einen Dreck um die Menschen schere?"

Steinemann überlegte und sagte: „Also gut. Wir haben das schon oft gesagt. Aber wenn es dir gelingt, diesen Gutachter an Land zu ziehen und er unsere Aussage bestätigt, dann wäre das durchaus exklusiv. Geh ins Archiv und besorge dir eine Liste der Industrieunfälle der letzten zehn Jahre. Und dann schreib mir einen süffigen Artikel darüber. Du hast zwei Wochen Zeit."

*

Nun ging es darum, Anderegg einzufangen. Ich rief ihn an und stellte mich vor als Max Rohr, Journalist bei den *Nachrichten*. Anderegg fragte, was ich wolle. Als ich das Interview erwähnte sagte er, ich solle mich mit der Anfrage schriftlich an ihn wenden, und hängte auf.

Ich schrieb also ein Mail an Andereggs Büroadresse und gab an, mir sei bekannt, dass er derzeit als Sicherheitsexperte im Fall Kuhnert tätig sei. Ich wisse wohl, dass er dazu nichts sagen könne. Mich interessiere jedoch die allgemeine Frage, ob die Industrie bei der Sicherheit aus seiner, Andereggs, Sicht verantwortungsvoll handle. Hierzu hätte ich eine Liste von Unfällen der vergangenen Jahre zusammengestellt, die ich gerne mit ihm durchgehen möchte.

Anderegg ging auf die Anspielung zum Fall Kuhnert gar nicht ein – nun ja, sie hatte nur den Zweck gehabt, mich einzubringen. Er antwortete per Mail, über alle Industrieunfälle der letzten zehn Jahre habe die Presse erschöpfend berichtet, dem möge er nichts beifügen. Ich solle die vorhandenen Artikel studieren, die genügend Aussagen von Sicherheitsexperten enthielten.

Ich schrieb zurück, dankte ihm für den konstruktiven Vorschlag und versprach, das würde ich tun. Doch die Zeitung, ihre Leserschaft und ich selbst wüssten doch gerne mehr über die allgemeine Haltung der Industrie in Sicherheitsfragen, denn es sehe so aus, als ob sich die Unfälle häuften. Ob er sich nicht als erfahrener Experte dazu äussern könne?

Anderegg mailte kurz angebunden, von derartigen Verallgemeinerungen halte er nichts. Er als Experte finde es notwendig, jeden Fall gesondert zu betrachten. Sogar in derselben Branche sei jede Firma wieder anders. Nur wenn Unfälle bei bestimmten Produkten oder Verfahren gleich oder sehr ähnlich abliefen, liessen sich daraus Schlüsse ziehen.

Ich blieb hartnäckig und fragte, ob man denn nicht von einer Sicherheitskultur reden könne? Und ob diese nicht von einem Experten beurteilt werden müsse?

Nun rief Anderegg mich an. Dass er nicht mehr per Mail antwortete, buchte ich als Erfolg. Auch wenn er vielleicht dachte, er könne mich so besser abwimmeln, war ich überzeugt, ihn am Haken zu haben. Er erklärte, für meine Recherche gebe es Fachleute, die geeigneter seien als er. Gerade solch allgemeine Fragen seien Sache der Theorie und der Lehre, nicht der Praxis. Antworten darauf seien am ehesten an den Hochschulen zu bekommen. Er riet mir, mich an Professor Krüger zu wenden. Allenfalls an Professor Gubler.

Darauf war ich vorbereitet. Ich hatte mich bei meinen Gewährspersonen umgehört. Auch bei den Versicherungen hatte es geheissen, wenn es um Sicherheitsfragen ginge, kämen in erster Linie die Professoren Krüger und Gubler in Frage, neben dem unabhängigen Gutachter Anderegg. An der Hochschule hatte man mir erklärt, Krüger sei ein fauler Hund. Der sei nur daran interessiert, sich vor Publikum zu produzieren. Er nutze jede Gelegenheit, um in die Medien zu kommen. Wenn es mir ernst sei mit dem Thema, solle ich von dem die Finger lassen. Ein Beitrag mit Krüger wäre voller bombastischer, empört geäusserter Gemeinplätze, und die schlechte Qualität der Aussage würde auf mich zurückfallen. Und bei Gubler hätte ich keine Chance. Der sei kompetent und arbeitsam und daher mit Forschungsaufträgen und Expertisen ausgelastet, habe also vermutlich keine Zeit. Doch noch wichtiger: er möge die Medien nicht.

Also log ich Anderegg am Telefon an, ich hätte es bei beiden erfolglos versucht. Ich mimte Verzweiflung und sagte, bei den Versicherungen sei mir nebst den Professoren lediglich sein Name genannt worden. Ich hätte nie gedacht, dass es bei diesem wichtigen Fach nur derart wenige geeignete Experten gäbe. Aber so sei es nun einmal, und das bedeute, er sei meine letzte Hoffnung.

Anderegg zögerte. Mein Anliegen klang logisch. Ich merkte, dass ich ihm zwar noch immer lästig fiel, aber dass ihn meine Taktik verunsichert hatte. Und tatsächlich, er kam mir einen Schritt entgegen. Er wollte wissen, mit welchem Zeitaufwand ich rechne. Ich sagte, gemäss meiner Erfahrung sollten wir mit vier bis fünf Gesprächen das Thema seriös abhandeln können. Hinzu käme sein Aufwand, um das Geschriebene durchzulesen und allenfalls zu korrigieren.

Anderegg versprach, sich die Sache zu überlegen, doch zuerst wolle er mich treffen. Er wolle – Entschuldigung – sehen, ob ich ein geeigneter Partner sei.

Ich war erleichtert, und wir vereinbarten eine Zu-
sammenkunft. Er schlug als Treffpunkt die Kolibri-
Bar vor, und ich liess mir scheinheilig den Weg
dorthin beschreiben.

5

Ich habe in meiner journalistischen Laufbahn unzählige Interviews geführt. Die ersten zehn waren spannend, dann kam die Routine. Es lief so ab, dass jemand in der Redaktionssitzung fand, diese oder jene Person könne zu diesem oder jenem Thema auch noch etwas sagen, das zur Ausrichtung unseres Blattes passe. Und manchmal sagte Steinemann halt, „Max, das ist etwas für dich." Also verfügte ich mich in eines unserer Nobelhotels und befragte die auserwählte Persönlichkeit. Diese war natürlich gecoacht worden und gab die üblichen Aussagen von sich, genau das, was zu erwarten war. Manchmal trieb man das Opfer durch eine unerwartete oder bohrende Frage ein bisschen in die Enge, doch das gehörte zum Spiel – die Leserschaft will unterhalten sein. Kurzum, schon lange blickte ich einem Interview nicht mehr erwartungsvoll entgegen.

Doch auf das Treffen mit Anderegg war ich gespannt. Ich kam eine Viertelstunde früher, und als Anderegg eintraf, begrüsste ich ihn sogleich mit dem Hinweis, ihn nach einem Bild auf seiner Website erkannt zu haben. Als er mich musterte, blitzte ein Wiedererkennen auf. Aber er hatte mich nur einmal flüchtig in der Bar gesehen und konnte sich offensichtlich nicht mehr erinnern.

Wir setzten uns an eines der Tischchen. Anderegg kämpfte dabei mit seiner eingeschränkten Beweglichkeit, doch ich beschloss, ihn erst nach dem Grund zu fragen, wenn wir vertrauter wären. Nachdem er sass ging er zum Angriff über und erklärte, er gehöre nicht zu den Lesern unserer Zeitung und habe daher in den letzten Tagen wieder einmal in zwei Nummern geblättert. Und dabei habe er immer noch unsere altbekannte Wirtschaftsfeindlichkeit geortet. Er lehne daher eine Zusammenarbeit ab.

Ich entgegnete, wir hätten aber oft auch Verständnis für die Wirtschaft bewiesen. Vorsorglich hatte ich eine ältere Nummer mitgebracht mit einem zweiseitigen Feature, welches der schweizerischen Textilmaschinenindustrie gewidmet war. Der Ton war insgesamt wohlwollend und nur mit etwas lahmer, gesellschaftspolitischer Kritik gewürzt, die wir unserer Leserschaft schulden, etwa das, was man heute in jeder Nachrichtensendung vernimmt.

Was ich ihm nicht sagte war, dass das Ganze abgekartet gewesen war. Die Branche hatte einen neuen Gesamtarbeitsvertrag abgeschlossen, der den Gewerkschaften massiv entgegenkam. Diese waren aufgrund des zur Zeit gerade blühenden internationalen Marktes in der angenehmen Lage gewesen, die Arbeitgeber ein bisschen erpressen zu können, sodass diese zähneknirschend Zugeständnisse gemacht hatten. Als Teil des Deals hatte der zuständige Gewerkschaftsboss dem zuständigen Industrieverbandsboss ein Trostpflaster versprochen, nämlich etwas zur Hebung des Ansehens der Branche zu tun. Er schlug ein Treffen zu dritt vor, die beiden Bosse mit Steinemann, dem 'Chefredaktor eines angesehenen Blattes'. Bei diesem Anlass würden sie positive Botschaften aushecken, die Steinemann unters Volk bringen sollte. Der Präsident des Verbands der Textilmaschinenfabriken war vom Gratis-Marketing sehr angetan und stimmte freudig zu. Darauf lud der Gewerkschafter die beiden anderen zu einem teuren Essen in einem von progressiven Kreisen frequentierten Edelrestaurant ein. Steinemann hörte gut zu, erzählte mir alles brühwarm, und ich durfte den Beitrag verfassen.

Als ich die Nummer aus meiner Mappe zog, kam auch die neueste Ausgabe des Spiegel zum Vorschein. Kaum hatte Anderegg dies bemerkt fragte er, ob ich etwa auch zur gläubigen Gemeinschaft der Spiegel-Leser gehöre. Ich erwiderte, ich müsse das Magazin aus professionellen Gründen lesen. Vom Spiegel hätten wir alle gelernt, die Botschaften, die wir herüberbringen wollten, attraktiv zu verpacken. Anderegg meinte dazu, als skeptischer Mensch habe er nichts für Botschaften übrig. Ich sagte, das könne er selbstverständlich halten wie er wolle, doch trotzdem handle es sich um ein Magazin mit hohem journalistischem Niveau. Das brachte Anderegg zum Lachen. Er fragte, ob ich vom literarischen Niveau rede. Denn es sei bekannt geworden, dass manche Beiträge dieses Journals eher der Fiktion als der Berichterstattung zugerechnet werden müssten. Ich protestierte. Er spiele auf den Fall eines einzelnen Journalisten an, der bei seinen Reportagen gelogen habe. Und es sei die Redaktion selbst gewesen, die dies erkannt hätte. Anderegg meinte, ihm sei klar, dass diese Redaktion die Zeitung nach ihrem Weltbild gestalte. Sie schrieben, was zu ihrem Glaubensbekenntnis passe. Was eigentlich nicht störe, da dies offenbar auch dem Glaubensbekenntnis der Leserschaft entspräche. Er selbst möge das Magazin allerdings nicht. Es liefere nicht Berichterstattung oder Analysen, sondern Stimmungsmache aus einem spezifisch deutschen Blickwinkel. Das interessiere ihn nicht. Und zudem gehe ihm der Moralchauvinismus des Magazins auf den Geist.

Er stand vom Tischchen auf und sagte, es sei offensichtlich, dass wir zwei nicht auf derselben Wellenlänge lägen. Demzufolge mache er nicht mit bei einem Interview. Dabei holte er seine Brieftasche hervor, warf eine Zwanzigernote auf den Tisch und verliess die Bar.

Ich blieb einigermassen verblüfft zurück. In unseren Kreisen gilt: Wer den Spiegel ablehnt, ist reaktionär. Andereggs Einstellung fügte ich sogleich der Negativliste im Bericht für Küng hinzu.

*

Für meinen Auftrag war die Entwicklung jedoch nicht hilfreich, und ich fragte mich, ob ich jetzt zu Küng schleichen und ihm eingestehen musste, dass ich gescheitert sei. Das war mir aus persönlichen Gründen nicht möglich. Ich liebte diesen Auftrag! Er brachte die erste Abwechslung seit Jahren in mein Berufsleben. Früher hatte ich aus Überzeugung recherchiert, analysiert und geschrieben, doch in den letzten Jahren war mein berufliches Feuer verraucht, weil es – und ich habe keine Mühe, das einzugestehen – Hunderte von Journalisten gab, die ähnlich wie ich schrieben, mit immer denselben Themen – alle übernommen von Leitblättern wie dem Spiegel, mit der gleichen gesellschaftspolitischen Stossrichtung. Höchstens der Schreibstil war etwas verschieden.

Also sandte ich Anderegg einen Brief, und zwar einen ungeschminkten. Darin gab ich zu, dass unser Blatt wirtschaftskritisch – das Wort „feindlich" empfände ich als zu stark – sei. Am liebsten wäre uns eine gut funktionierende Staatswirtschaft, eine Wirtschaft ohne Gewinnstreben, aber diese sei bekanntlich ineffizient. Auch wir wüssten, dass es nur mit sozialer Marktwirtschaft gehe, aber wegen der Geldgier der Wirtschaft seien starke staatliche Kontrollen nötig, und das könne er doch aufgrund seiner Gutachtertätigkeit nachvollziehen. Dann bat ich ihn, sich nochmals zu überlegen, ob er mitmache. Ich versprach, im Interview jegliche Stimmungsmache zu vermeiden und verpflichtete mich zu nüchterner Berichterstattung. Wenn ihm die Besprechung konkreter Industrieunfälle nicht gefalle, wäre ich durchaus an einer allgemeinen Beurteilung der Sicherheitskultur interessiert. Die konkreten Themen könne er selbst wählen. Und um meine Kooperationsbereitschaft zu unterstreichen, gewährte ich Anderegg ein Vetorecht vor der Veröffentlichung.

6

Mein Brief zeigte die erhoffte Wirkung. Anderegg rief an. Wir vereinbarten ein zweites Treffen in der Kolibri-Bar.

Ohne dass ich ihn fragen musste, erklärte mir Anderegg seinen Sinneswandel. Zum Thema Sicherheit habe er durchaus etwas zu sagen. Vor allem zum übersteigerten Sicherheitsbedürfnis, das damit zusammenhänge, dass jeder noch so geringfügige Unfall in den Medien zur Katastrophe hochstilisiert werde. Dazu komme, dass die Politik glaube, für jeden noch so speziellen Fall allgemeine gesetzliche Massnahmen ableiten zu müssen. Beisse ein wilder Hund einen Jungen tot, sei das tragisch, aber derartige Unfälle kämen eben manchmal vor, weil halt gerade dieser Besitzer sein Tier nicht im Griff gehabt hätte. Darauf mit einer umfassenden Regelung für sämtliche Hundehalter zu reagieren sei unangemessen und zudem unwirksam, weil gerade jene Besitzer, auf die das Gesetz abzielte, sich darum foutierten.

Das gab sogleich einen Eintrag in die Negativliste für Küng. Hier sass einer, der sich als Feind notwendiger Gesetzgebung gebärdete. Nur keine Einschränkung der persönlichen Freiheit oder Bequemlichkeit, selbst wenn dadurch die öffentliche Sicherheit gefährdet wurde.

Anderegg fuhr unbeirrt weiter. Besonders anstössig seien für ihn die eingebildeten Gefahren, denen jegliche Erfahrungsgrundlage fehle. Er denke etwa an die Verteufelung der Gentechnologie. Er selbst sei überzeugt, dass sich das Welternährungsproblem nur dank Gentechnologie lösen lasse.

Mir stockte der Atem. Anderegg hatte sich soeben als Technokrat entpuppt. Das gab einen dicken Punkt in der Negativliste. Küng hätte bei dieser Aussage geschäumt. Für ihn bedeutete Gentechnologie ein rotes Tuch. Doch mein Interview ging ohnehin gerade flöten. Steinemann würde nie – nie! – etwas drucken, worin die Gentechnologie nicht vehement abgelehnt wurde. Die Leserinnen und Leser würden ihm sonst nämlich in Scharen davonlaufen.

Ich wandte ein, die Menschen hätten Angst. Man müsse ihre Ängste etwa vor der Gentechnologie oder der Kernenergie ernst nehmen. Anderegg verzog das Gesicht und fragte, ob man dann auch die Ängste der Menschen vor fremden Flüchtlingen ernst nehmen solle? Ich sagte, das lasse sich nicht vergleichen. Er meinte, entweder nehme man alle Ängste vor eingebildeten Gefahren ernst, oder man lasse es bleiben.

Der Kellner kam und fragte, ob wir Drinks nachbestellen möchten. „Ich nicht, danke, Andrés" sagte Anderegg. Die Störung gab mir Gelegenheit, mich zu fassen. Ich schlug vor, im Interview auf alle diese Fragen einzugehen. Kernenergie und Gentechnologie seien wichtige Beispiele, Informatik oder gar künstliche Intelligenz natürlich auch, und überhaupt die Umweltbelastung. Anderegg meinte, immerhin müsse man bei der Umweltbelastung auch die unkontrollierbare Zunahme der Weltbevölkerung als hauptsächlich treibende Kraft berücksichtigen. Doch sei ihm klar, dass diese aus politischen Gründen kein

Problemthema sei. Ich sagte, das könne er nebenbei erwähnen, aber auf die Flüchtlingsfrage möchte ich verzichten, da das Gewicht unseres Beitrags auf technologischen Risiken liege. „Einverstanden", sagte Anderegg, denn bei Flüchtlingsfragen sei er ja auch kein Fachmann, sondern äussere nur seine Meinung als Privater.

Dann fiel mir das Argument ein, das ich vor vielen Jahren stets vorgebracht hatte. Es hatte viel zu meinem journalistischen Engagement beigetragen. Ich sagte, in mir gebe es ein tiefes Misstrauen gegen alles, was gross und mächtig sei: multinationale Unternehmen genauso wie Grossmächte. Ich sagte, bei der Gentechnologie und der Kerntechnik hätte ich noch weitere Bedenken. Deren Exponenten seien einige wenige grosse Firmen, die sich den Markt teilten, und diese Konzentration sei schlicht undemokratisch. Anderegg blickte mich mit gerunzelter Stirn an und sagte nur: „Herzig." Ich liess ihm das ohne Protest durchgehen.

Anderegg schien sich beim Sitzen nicht wohl zu fühlen. Als er sich bewegte und sein rechtes Bein ein bisschen nach aussen drehte, zuckte er zusammen. Er murmelte 'Scheisse' und zog das Bein zurück. Hierauf fasste ich mir ein Herz und fragte ihn, woher seine Behinderung stamme. Er sagte: „Sieht man mir das so deutlich an?", doch bevor ich antworten konnte erklärte er, die Behinderung gehe auf einen Unfall auf einer Baustelle zurück. Er sei unglücklich gestürzt und wieder zusammengeflickt worden, doch trotz künstlichem Hüftgelenk sei eine Behinderung zurückgeblieben.

„Sie haben doch hoffentlich den Bauunternehmer verklagt?" sagte ich.

„Keinesfalls. Es war allein meine Schuld. Man hat mich vor dem Betreten eines glitschigen Abschnitts gewarnt, und ich habe es trotzdem getan. Ich war selbst schuld. Meine eigene Verantwortung. Ich lehne es ab, andere für meine Fehler zu belangen."

„Das gibt immerhin ein interessantes Thema unseres Interviews. Sollte man unbedarfte Menschen nicht daran hindern, solche Risiken einzugehen?"

„Aus meiner Sicht nicht. Aber wir können die Frage ansprechen."

Schliesslich, fuhr Anderegg fort, gehe es heute immer wieder um die Schuldfrage. Diese liege wie eine schwarze Wolke über unserer Welt. Für jedes Geschehen würden Schuldige gesucht. Die üblichen Verdächtigen seien bekannt. Auch der moderne Mensch wolle nicht akzeptieren, dass irgendetwas, getrieben von der Natur oder von gesellschaftlichen Spannungen oder gegeben durch banale Umstände einfach ablaufe, ohne dass irgendjemand dazu den Startschuss gegeben habe. Und der Zweck der Übung sei ja klar: Man versetze sich selbst in Unschuld. Man übe quasi die Rückkehr ins Paradies. Das sei schon in früheren Epochen so gewesen, und es sei erstaunlich, dass sich die heutige Menschheit, die sich für aufgeklärt halte, bei diesen Verhaltensmustern nicht weiter entwickelt habe. Leider müsse er – und das bestärke ihn in seiner grundsätzlichen skeptischen Haltung – feststellen, dass die Aufklärung nur ein dünner Firnis sei, unter dem sogleich das alte Menschsein hervortrete, kaum kratze man ein wenig daran.

Auf diesen persönlichen Erguss wusste ich nichts zu erwidern. Es entstand eine Pause. Dann sagte Anderegg: „Lassen Sie uns ein paar Termine für das Interview festlegen. Fünf Gesprächsrunden haben Sie budgetiert? Ist von mir aus in Ordnung."

Wir zückten unsere Kalender. Die Gespräche könnten wir in seinem Büro führen, das sei ganz in der Nähe, sagte Anderegg. Er gab mir ein Geschäftskärtchen mit der Adresse und sagte, wenn ich ihn begleite, könne er mir gerade den Ort zeigen.

Vor dem Geschäftshaus verabschiedeten wir uns. Leider, dachte ich, wird dieses Interview nicht in Druck gehen. Denn es gehörte zur Politik unseres Blattes, Technokraten keinesfalls ein Forum zu bieten, sondern sie totzuschweigen. Und was die Eigenverantwortung betrifft, bin ich vollkommen anderer Meinung.

Ich wollte jedoch das Interview trotzdem durchführen, vor allem deswegen durchzuführen, damit ich Küng über Andereggs Gesinnung orientieren konnte. In zwei Tagen war eine Berichterstattung beim alten Mann fällig.

7

Ich erschien am frühen Freitagnachmittag bei Küng. Jeweils am Freitagabend öffnet er sein Haus 'für alle' – gemeint sind alle Gleichgesinnten. Und viele Prominente, welche Norberts Ideen nahestehen, kommen und lassen sich in der Bar neben der Dachterrasse bewirten. Bedient werden sie von einer gut aussehenden Barmaid namens Stefanie.

Stefanie war einst eine kämpferische Hausfrau, welche Schulen und anderen öffentlichen Institutionen, mit denen ihre zwei Kinder zu tun hatten, mit den 'unbedingt zu beachtenden Rechten von Müttern und Kindern' tüchtig einheizte. Sie gehörte zu den ersten Mitgliedern von Küngs Forum. Vor zwei Jahren hatte sie den mürrischen Rentner abgelöst, den Norbert einst aus einer von ihm frequentierten Bar übernommen hatte. Dieser war zwar ein Künstler beim Mixen von Drinks gewesen, hatte sich aber nicht mit dem Rauchverbot in Norberts Gefilden abfinden können. Als er eines Tages aufbegehrte und sich laut wunderte, dass das Forum das Rauchen, nicht aber das Saufen bekämpfe, schmiss Küng ihn raus.

Zu Stefanie ist noch zu sagen, dass wir eine Affäre hatten. Diese dauerte rund drei Monate. Dagegen gab es nichts einzuwenden. Stefanie war frisch, ich schon seit Jahren geschieden. Bei mir war der Grund gewesen, dass meine Ehefrau unbedingt Kinder haben wollte. Das hätte ich ja noch akzeptiert. Doch sie bestand darauf, dass ich bei der Aufzucht der Brut hälftig mitwirken sollte. Stefanies Mann hingegen war, so entnahm ich ihren Berichten, quasi aus politischen Gründen vor ihr geflohen.

Ich kann sagen, dass ich mit Stefanie eine gute Zeit hatte. Wir hatten erstklassigen Sex, kochten feine Mahlzeiten – mal in ihrer, mal in meiner Wohnung –, und ich verstand mich gut mit ihren halbwüchsigen Kindern.

Die Trennung bahnte sich allmählich an. Angeregt durch die Fernsehnachrichten diskutierte Stefanie mit mir gerne die üblichen gesellschaftlichen Probleme. Doch da ich dieses Zeug den ganzen Tag in der Redaktion hörte, langweilte sie mich damit zu Tode. Eines Abends sagte ich ihr das. Sie fiel aus allen Wolken.

„Das sind doch die Themen, über die du schreibst", rief sie aus.

„Gewiss, ich schreibe darüber eben was man so schreibt, aber in der Freizeit möchte ich nichts davon hören."

„Moment. Heisst das, dass du dich gar nicht für die Dinge engagierst, die du in deinen Artikeln kritisch abhandelst?"

„Ehrlich gesagt, sie interessieren mich nicht die Bohne."

Entgeistert blickte sie mich an. „Aber das ist doch unmöglich. Du schreibst so überzeugend."

„Nur weil ich gut schreiben kann. Reine Routine. Im übrigen ist es einfach mein Broterwerb. Wie wenn ich in einer Grossbäckerei Hörnchen backen oder in einer Buchhaltung Zahlen stapeln würde. Dabei muss man auch nicht von den Hörnchen oder den Zahlen überzeugt sein. Warum zum Teufel denken alle, Journalisten müssten Überzeugungstäter sein? Es ist ein Handwerk, wir schreiben, was im Trend ist, um unser Produkt am Markt verkaufen zu können, so einfach ist das."

„Aber du bist doch immer am Herumrennen, guckst genau hin wo etwas faul sein könnte in der Politik oder in der Wirtschaft. Das zeigt doch, dass du dich um die Welt kümmerst."

„Ach was. Das tue ich für meine Karriere, nicht für das Wohl der Menschheit. Ich bin immer auf der Suche nach einer Sensation, mit der ich meinen journalistischen Ruhm verewigen könnte, einem richtig grossen Scoop."

Die Diskussion fand bei mir statt. Und da Stefanie mich mit ihrem Eifer genervt hatte, hatte ich, zugegeben, provokativ reagiert. Denn natürlich hatte ich einst angefangen, mit viel Engagement zu schreiben. Aber das hatte sich im Lauf der Zeit abgeschliffen. Ich betrachtete mein Dasein heute eben realistischer.

Doch meine Abfuhr war Stefanie zu viel. Sie stand auf, ging ins Schlafzimmer und ins Bad, packte ihre paar Sachen zusammen und verliess mich ohne ein weiteres Wort.

Wir sahen uns bei Küngs Freitagsanlässen wieder, grüssten einander distanziert, aber das war es schon. Immerhin rechne ich ihr hoch an, dass sie mich nicht bei Küng anschwärzte.

*

So früh am Nachmittag war Stefanie noch nicht da, aber Küng war auf einen Drink eingestellt und führte mich in seine Bar, wo er mir ein Glas Weisswein anbot. „Natürlich ein Gewächs vom Genfersee. Wir haben derart gute Weine, dass man die Einfuhr verbieten sollte. Nun ja, wenigstens was die aussereuropäischen Produzenten betrifft."

Manchmal hatte ich beim Kochen mit Stefanie – gemäss der Empfehlung im Rezept – Lust auf einen Wein aus Übersee – einen australischen Syrah oder einen Chardonnay aus Chile – gehabt. Doch Stefanie blieb eisern. „Kommt gar nicht in Frage!" rief sie aus. Allerdings war sie am Wein nicht sonderlich interessiert. Das Verbot galt eher mir. Als ich nun Küngs gleichlautendes Verdikt vernahm, kam mir diese Haltung plötzlich stur vor. Fast schon ein bisschen unangenehm, da bevormundend.

Norbert sagte: „Du wirkst abwesend, beschäftigt dich etwas?" Doch wollte er keine Antwort hören, sondern marschierte, in der einen Hand die Flasche, in der anderen zwei Gläser, hinaus auf die Dachterrasse. Das Wetter war schön und klarsichtig. Ich betrachtete in der Ferne die Alpenkette, die in den Tagen zuvor mit einem ersten Quäntchen Zuckerschnee bestreut worden war. Fernweh ergriff mich. Jetzt einfach in ein Flugzeug steigen und nach Süden fliegen? Der Traum fiel sogleich der Einsicht zum Opfer, dass Fliegen zum Zweck des Vergnügens nicht angebracht ist, wegen des ökologischen Fussabdrucks. Also doch eher mit der Bahn ins Tessin oder Engadin. Und dann fragte ich mich, ob Anderegg wohl ähnliche Bedenken hatte.

Ich schilderte Norbert die Entwicklung. Er sagte: „Am besten machst du mit dem Interview weiter."

„Auch wenn ich den Artikel nicht veröffentlichen werde?"

„Das ist mir egal. Hauptsache ist für mich das Bild, das du mir von Eugen ablieferst. Ich zahle gerne weiterhin für deine Dienste, brauchst es der Zeitung ja nicht mitzuteilen."

„Einverstanden."

Nicht nur der Zeitung würde ich diese Tätigkeit nicht mitteilen, auch dem Steueramt würde ich sie nicht auf die Nase binden. Ohne schlechtes Gewissen. Ich sagte mir, die Reichen und Bestverdienenden nutzen jedes Schlupfloch, um Steuern zu vermeiden. Da darf auch ein Max Rohr, unterbezahlter Journalist mit viel Einsatz für das Wohlergehen der Gesellschaft, für einmal seinen persönlichen Vorteil wahrnehmen.

8

Diesmal suchte ich Anderegg in seinem Büro auf. Im Geschäftshaus fuhr ich ins dritte Stockwerk und gelangte zu einer verschlossenen Glastüre mit dem Schriftzug „Eugen Anderegg GmbH, Sicherheitsexpertisen". Ich betätigte die Klingel, und Anderegg öffnete die Türe. Er führte mich durch eine Art Wartezimmer mit einer Sitzgruppe und einem Kaffeeautomaten. Ein Aschenbecher auf dem Clubtischchen zeigte, dass hier geraucht wurde. Vom Wartezimmer führten zwei Türen weg. Die eine war geschlossen. Anderegg bemerkte meinen Blick und sagte: „Dahinter befindet sich eine kleine Bad-Küchenkombination. Ich könnte mir also ohne weiteres einen Lunch zubereiten. Aber ich bin erstens zu bequem dazu, und zweitens ein Anhänger des Convenience Food. Daher dient der Raum in erster Linie als Archiv." Die zweite Türe war offen und führte in ein geräumiges Büro. Es gab keinen weiteren Arbeitsplatz. Offensichtlich arbeitete er allein.

Ich hatte ein Zimmer voll von Papieren erwartet. Falsch. Es gab zwar eine Wand mit Regalen, in denen sauber beschriftete Ordner aufgereiht waren. Doch auf dem Schreibtisch stand dominant ein Computerbildschirm, und es lagen ein paar Papiere herum, an denen Anderegg offenbar arbeitete. Sie zeigten Zahlen und Formeln: der Ingenieur war gerade am Rechnen. Vor dem Schreibtisch stand ein Besuchersessel. Anderegg forderte mich auf, Platz zu nehmen und bot Kaffee und Mineralwasser an.

„Es darf auch ein Glas Weisswein sein", sagte er.

„Welcher Art?"

„Ein Sauvignon blanc aus Neuseeland. Kann ich empfehlen."

„Und es macht Ihnen nichts aus, wenn der Wein über die halbe Erdkugel hinweg transportiert wurde? Wir haben doch genügend Auswahl in Europa. Da sollte der Verzicht doch leicht fallen."

„Nun, ich habe noch niemanden angetroffen, der auf etwas, das er wirklich mag, verzichten würde. Nein, es macht mir nichts aus. Ich schaue mir den Markt an. Wenn mir ein Wein schmeckt und ich ihn mir leisten kann, ist es mir egal, woher er kommt. Abgesehen davon gibt es viele Waren, die wir hier gar nicht haben, oder nicht in vergleichbarer Qualität. Die importieren wir zwangsläufig."

„Zum Beispiel?"

„Erdöl, Erdgas."

Ich musste unwillkürlich lachen. Anderegg mochte bei vielen Ansichten falsch liegen, aber er wirkte erfrischend. Obschon der Wein aus Neuseeland selbstredend wieder einen Punkt auf der Negativliste für Küng ergab.

„Eins zu Null für Sie, ich nehme gerne ein Glas Wein", sagte ich. „Übrigens, wenn es Sie jetzt in die Ferne zöge, würden Sie ohne Weiteres einen Flug an eine schöne Destination buchen?"

„Warum nicht? Ist daran etwas falsch?"

„Nun, der ökologische Fussabdruck ..."

Andereggs Lachen unterbrach mich. „Beeindruckt mich nicht. Weil ich nicht zu den Gläubigen gehöre. Aber das sollten Sie schon bemerkt haben."

„Hab ich bemerkt."

Auf dem Schreibtisch lag eine Packung Zigaretten von Benson&Hedges. Ich deutete darauf. „Nobel geht die Welt zugrunde, hätte meine Grossmutter dazu gesagt."

„Und mein Grossvater pflegte die billigen Zigaretten, die ich in meiner Jugend rauchte, als 'Bahnbord Scheisshausseite zweiten Schnitt' zu bezeichnen. Als ich besser verdiente, kam ich bald auf den Geschmack englischer Zigaretten."

Anderegg holte aus dem Kühlschrank im Vorzimmer eine angebrochene Flasche und zwei Gläser. Er schenkte uns ein.

„Prost. Und was wollen Sie heute im Interview behandeln?"

„Wie wäre es mit dem Rauchen?"

„Kein Problem. Ich rauche gerne. Im Schnitt acht Zigaretten pro Tag."

„Ist nicht gerade viel."

„Dafür geniesse ich es."

„Na gut. Was meinen Sie zu allgemeinen Rauchverboten?"

„Ich bin ganz dafür, dass das Rauchen in Restaurants verboten ist. Ich rieche den Tabakrauch auch nicht gern während des Essens. Aber sonst? Ein Rauchverbot im Freien? Da kann ich nur den Kopf schütteln. Da herrscht Hysterie. Die Wahrscheinlichkeit, dass sich genügend schädliche Moleküle von der Tabakverbrennung in der Atemluft sammeln, um einen Schaden zu verursachen, ist verschwindend. Dennoch, kaum zünde ich auf der Strasse eine Zigarette an, machen manche Menschen einen weiten Bogen um mich."

„Sie glauben eben, das Einatmen des Rauchs sei schädlich, und sei er noch so verdünnt."

„Dafür joggen sie entlang dicht befahrener Strassen. Nun gut, wenn die einfachen Menschen das glauben, kann man nichts machen. Die Behörden haben es ihnen eingeredet. Aber glauben die Behörden daran?"

„Vermutlich haben sie andere Motive. Etwa die Gesundheitskosten."

„Ich habe eine eigene Theorie. Es hat etwas mit legalisiertem Sadismus zu tun. Früher musste man, wenn man Menschen quälen wollte, einen Job als Gefängniswärter oder etwas Ähnliches suchen, eben etwas, bei dem einem andere Menschen schutzlos ausgeliefert waren. Die heutige Form ist viel raffinierter: Man wird Politiker oder Beamter, generiert Verbote, um die Minderheit der Rauchenden zu schikanieren, und darf sich erst noch auf der moralischen Seite wähnen."

„Und das soll ich im Interview zu Papier bringen? Das gibt einen phänomenalen Shitstorm."

„Sie haben Recht. Und vielleicht vergraule ich einige meiner Auftraggeber damit. Lassen wir den Passus mit meiner Theorie weg. Doch über die hochgespielten Risiken des Passivrauchens, des Salz- und Zuckerkonsums und so weiter möchte ich im Interview schon etwas sagen."

„Die Behörden stützen sich dabei immerhin auf Langzeitstudien."

„Haben wir nicht schon erlebt, dass derartige Studien widerlegt wurden? Oft sind sie getürkt. Will sagen, dass die Studie genau das Resultat liefert, das ihre Auftraggeber erwartet haben. Ich glaube, man kann für jede Studie eine Gegenstudie finden. Das ist übrigens ein Vorteil des Internets."

„Mit anderen Worten, Sie sagen, zuerst gibt es die Angst vor einem bestimmten Risiko, und dann wird eine Studie herbeigezaubert, welche die Angst begründet?"

„Davon bin ich überzeugt."

„Das würde bedeuten, dass sachliche Argumente in der Politik eine untergeordnete Rolle spielen."

„Klar. Ist aber nichts Besonderes. Wann war die Politik schon je sachlich? Da ging es immer um Interessen, um die Macht einzelner Personen oder Organisationen, nicht nur von sogenannten Reichen oder von Unternehmen, auch von Gewerkschaftern oder von NGOs."

„Was meinen Sie mit der Macht der NGOs?"

„Sie bedrängen uns unter dem Vorwand eines guten Zwecks. Und dabei werden sie von Politik und Medien unbesehen unterstützt. Ich meine jedoch, NGOs nützen in erster Linie ihrer eigenen Organisation und nicht dem Zweck, den sie auf ihre Fahne geschrieben haben. Sie haben somit dasselbe Geschäftsmodell wie irgendein Unternehmen der Wirtschaft, insofern es um die Finanzierung ihres Personals geht. Und davon haben sie genügend. Sie bieten attraktive Arbeitsstellen, denn dabei zählt ideologische Zuverlässigkeit mehr als die viel aufwändigere Leistungsbereitschaft. Bei den Organisationen der Entwicklungshilfe kommt noch dazu, dass deren Exponenten wie Könige bei den Wilden leben."

„Aber immerhin dienen NGOs einem guten Zweck. Und sie häufen nicht Gewinne an. Zudem haben sie die richtige Gesinnung."

„Wirtschaftsunternehmen dienen auch einem guten Zweck. Dank ihrer Wertschöpfung leben wir gut. Die NGOs zahlen zwar keine Gewinne aus, aber äufnen Reserven soviel sie können, und wenn es ihnen gut geht, zahlen sie hohe Löhne, was in etwa der Gewinnausschüttung an Aktionäre entspricht. Gesinnung hin oder her, wenn es um den eigenen Betrieb geht, handeln sie ökonomisch. Nun gut, vielleicht übertreibe ich ein bisschen, aber es schadet nicht, solche Vergleiche ziehen."

Sein Mobiltelefon klingelte, und zwar mit der Melodie aus dem Film 'The Good, the Bad and the Ugly'. Anderegg führte ein kurzes Gespräch. Dann stand er auf, griff nach seiner über die Stuhllehne gehängten Jacke und sagte: „Bedaure, muss gleich weg. Zu einer ungeplanten Sitzung bei der Kantonspolizei. Offenbar hat sich etwas ergeben, das ich dringend begutachten muss. Es geht um einen Auftrag, den ich gerade bearbeite."

„Doch nicht etwa der Fall Kuhnert?"

Anderegg blickte mich misstrauisch an. „Wie kommen Sie darauf?"

Obschon ich ihn beim ersten Mail darauf angesprochen hatte, hatte er den Sachverhalt bisher nicht bestätigt.

„Reine Routine. Ich bereite mich auf meine Interviewpartner vor."

„Nicht schlecht. Nun ja, ist kein Geheimnis. Aber ich äussere mich nicht dazu."

Er erhob sich, ergriff eine dünne Aktentasche und begleitete mich hinaus.

„Bis zum nächsten Mal."

„Danke. Ich freue mich auf die Fortsetzung."

Und ich meinte es ernst. Auf dem Weg zurück in die Redaktion überlegte ich, dass ich mich in einer Szene bewegte, in der alle gleich dachten. Andere Meinungen verdammten wir reflexartig: sie gehörten den Feinden. Auch unsere Interviewpartner suchten wir so aus, dass sie stets bestätigten, was wir dachten. Seit meiner Scheidung von Nicole brachte mir niemand mehr unvertraute Standpunkte nahe. Und hier hatte ich endlich einmal einen Kontrast gefunden, einen Menschen, der Ansichten äusserte, die mir nicht geläufig waren. Die Begegnung mit Anderegg war spannend.

Und im übrigen wunderte ich mich darüber, dass ich die NGOs nie als gross und mächtig erkannt hatte. Wenn ich genau überlegte, waren einige davon durchaus vergleichbar mit internationalen Konzernen. Warum hatte ich das nicht bemerken wollen? Aus Voreingenommenheit. Obschon ich den NGOs immer noch mehr guten Willen zugestand als der Wirtschaft, war eine solche Blindheit für mich blamabel. Die Einsicht liess mich aufstöhnen.

9

Wenn es eine neue Entwicklung im Fall Kuhnert gab, wusste Spiess vielleicht davon. Ich bat ihn um einen kollegialen Austausch. Ich sagte, es gehe um den Brandfall der Kuhnert-Villa. Ich möchte den Stand der Erkenntnisse wissen und könne ihm womöglich etwas Nützliches mitteilen. Er war zuerst unwillig und schützte dringende Arbeit vor, aber das war nur Ritual. Schliesslich überwog seine Neugier. Womöglich dachte er, er müsse sich wappnen gegen die Möglichkeit, dass ihm ein Kollege den Scoop wegschnappte.

Wir zogen uns in eines der Konferenzzimmerchen zurück. Früher sassen die Redaktoren in Einer- oder Zweierbüros, doch im Neubau unseres Zeitungsverlags sind wir alle im Newsroom zusammengepfercht, unmöglich, hier ein ruhiges Gespräch zu führen. Spiess hatte einen Kaffee mitgebracht. Er sass da, dünn, seine grauen Haare in ein Rossschwänzchen gebunden, und betrachtete mich durch seine randlosen Brillengläser hochmütig.

„Was willst du?" fragte er.

„Der Fall Kuhnert interessiert mich. Keine Angst, ich will dir nicht dazwischenfunken. Aber ich arbeite an einer allgemeinen Recherche über Sicherheitsfragen, und vielleicht gibt mir der Brandfall einen Anhaltspunkt."

Meine Befürchtung, dass Spiess diese laue Begründung hinterfragen würde, erwies sich als unbegründet. Er bannte darauf, sich mit seinem Wissen zu brüsten. Natürlich mit einem Vorspiel: er nahm zuerst einen Schluck Kaffee, tat so als müsse er überlegen, wie viel er mir verraten wollte, räusperte sich schliesslich und fing an zu dozieren: „Ich habe recherchiert. Wollte mir sogar vor Ort ein Bild machen. Die Villa ist in bestem Zustand, die alte Frau Kuhnert hat sich den Unterhalt etwas kosten lassen. Der Bau erstrahlt in reinem Jugendstil. Und nachdem am Zürichberg viele solche Gebäude abgerissen worden sind, wollte man wenigstens diese Villa unter Heimatschutz stellen. Das konnte Silvio Kuhnert als Politiker verhindern. Wir wissen ja, dass er andere Absichten mit dem Gelände hat. Wenn unter solchen Umständen ein Brand ausbricht, wirft das schon Fragen auf. Zum Beispiel sollte ein derartiges Objekt gut geschützt sein, schon nur um einen Versicherungsbetrug zu erschweren – einen solchen traue ich Menschen wie Kuhnert durchaus zu. Ich wollte wissen, gibt es Brandmelder oder Feuerlöscher, aber die Villa ist immer noch gesperrt, und die Nachbarn wollen nicht mit der Presse reden. Ich stütze mich also vorläufig auf die Mitteilungen der Polizei.“

„Glaubst du an Brandstiftung?“

„Bis vor einer Stunde vertrat ich die These, dass Silvio Kuhnert den Brand gelegt hat oder legen liess. Aber jetzt hat sich bei der Polizei etwas Neues ergeben.“

„Und du weisst das? Hut ab, du bist doch immer bestens informiert!“

Tatsächlich verfügte Spiess von allen Redaktoren wohl über das umfangreichste lokale Netzwerk. Das hing damit zusammen, dass er sich in unzähligen Organisationen einen Posten ergattert hatte. Er sass im

Vorstand einer städtischen SP-Sektion, war Mitglied bei zwei Gewerkschaften und machte aktiv mit bei diversen NGOs. Er unterstützte diese bei der Pressearbeit und liess sich gerne von den Organisationen eine Visitenkarte mit seiner Funktion drucken, die er jeweils stolz in der Redaktion herum zeigte. Steinemann duldete die Nebentätigkeit, weil die Zeitung dadurch Informationen aus erster Hand bekam.

Die kleine Schmeichelei wirkte. Spiess richtete sich auf und verstrahlte Stolz.

„Musste nicht einmal anrufen, sondern mein Kontaktmann hat mich direkt informiert. Es scheint, dass die kleine Kuhnert bei der Polizei aufgekreuzt ist und quasi ein Geständnis abgelegt hat. Sie hat den Brand nicht absichtlich gelegt, sondern ihn durch Fahrlässigkeit verursacht. Hat offenbar in ihrem Zimmer diverse Kerzen angezündet. Du kennst diese Kerzenlandschaften aus Filmen, sie sind bei Frauen höchst beliebt und geben die Kulisse, wenn Entspannung im Bad oder ein Glas Rotwein vor dem Kaminfeuer angesagt ist. Dann erhielt sie den Anruf eines Freundes, sie solle zu einer Geburtstagsfeier in einer Bar erscheinen. Tamira plante, dort nur kurz vorbeizuschauen, daher löschte sie die Kerzen nicht. Selbstredend blieb sie in der Bar hängen, vergass die Kerzen, und da gab es halt einen Brand. Typisch Jeunesse dorée. Ich meine, die Verantwortung liegt beim Papa. Mangelhafte Erziehung. Dass sollte man ihm nicht durchgehen lassen."

Ich konnte mir den Artikel vorstellen, den Spiess dazu schreiben würde. Er war bestimmt enttäuscht, dass er nicht mehr andeuten konnte, Silvio Kuhnert habe den Brand gelegt. Aber er wollte dennoch mit dem politischen Feind abrechnen. Das würde er tun, indem er die Schuld der Tochter auf den Vater übertrug. Dabei hatte die junge Tamira mutig die Verantwortung für ihre Unterlassung übernommen und sich der Polizei gestellt – mir fiel Andereggs Meinung zu seinem Unfall ein. Und vielleicht würde Spiess noch gleich ein Verbot für Wachskerzen fordern – wieder einmal habe sich deren erhebliches Gefahrenpotenzial gezeigt.

„Und was ist deine Neuigkeit?" fragte er.

„Die Polizei hat einen Experten namens Anderegg zugezogen. Der soll vermutlich abklären, ob es sich um Brandstiftung handelt."

„Ist mir tatsächlich neu. Woher weisst du das?"

„Bin per Zufall drauf gestossen."

„An den sollte man sich ranmachen. Wäre schön, wenn da noch irgendetwas Gepfeffertes für meine Berichterstattung rauskommt."

„Nun, ich mache mit ihm ein Interview."

„Wie bist du auf ihn gekommen?"

„Bei meiner Recherche über Sicherheitsfragen hat man mir Anderegg als Fachmann genannt."

„Dann schau doch bitte, ob bei deinem Interview noch Infos für mich abfallen."

„Ich kann's versuchen, kann dir aber nichts versprechen. Über den Fall Kuhnert will er nicht reden."

Spiess merkte, dass ich ihm nicht mehr mitteilen konnte als er bereits wusste. Er stand auf.

„Na schön. War ein gutes Gespräch. Wir hören voneinander."

10

Wie ich auf Anderegg gekommen sei, wollte Spiess wissen. Meine Grossmutter hätte gesagt: „Wie die Jungfrau zum Kind."

Vor einem Monat hatte ich eine Versammlung von Küngs Forum besucht, bei der wieder einmal alle über die Energieverschwendung jammerten. Und dass die Amerikaner nichts dagegen tun wollten. Die Chinesen schon gar nicht. Weshalb der Klimawandel nur schwer in den Griff zu bekommen sein werde. Aber wir könnten etwas tun. Nein, wir müssten sogar etwas tun. Wir müssten schleunigst handeln. Stichwort 2000-Watt-Gesellschaft. Es gebe Ewiggestrige, die an der Erreichbarkeit dieses Ziels zweifelten. Gegen sie sei politisch zu kämpfen.

Die empörten Voten verhinderten nicht, das ich anfing zu dösen. Ich langweilte mich und beschloss, zur Kompensation den nächsten solchen Anlass zu schwänzen. Als Küng die Versammlung auflöste, freute ich mich auf die Fortsetzung des Abends. Ich hatte mich mit Stucki verabredet. Es würde eine Sauftour werden, und eine solche hatte ich, fand ich, wieder einmal nötig. Doch Norbert winkte mich zu sich und fragte, ob ich Zeit für ihn hätte. Am besten käme ich zu ihm nach Hause, dann könnten wir ein Glas trinken und etwas beraten, das ihm am Herzen liege.

Ich roch geradezu, dass es Küng nicht um den Feldzug gegen das Rauchen ging. Unsere derzeitige Kampagne verlief nach Plan, im Fernsehen sendeten sie täglich einen Spot aus einer Serie, die Küng hatte drehen lassen. Und nächstens trafen wir uns mit Vertretern des Gesundheitsamts und der Nichtraucherliga, um eine politische Initiative zu besprechen. Küng schwebte eine Verschärfung der Regeln nach australischem Muster vor. Als wir diesen Plan beschlossen hatten, hatte Küng bemerkt: „Ich kann dir sagen, Max, dass meine ehemaligen Geschäftsfreunde und Lieferanten sich jetzt schon gründlich grämen. Mich meiden sie wie die Pest. Um mit meinem Vater zu sprechen: Sie wünschen mir nicht den jähen Tod, aber in einem Monat den dreissigsten, haha."

Küngs Einladung hörte sich interessant an. Er war ein bisschen aufgeregt, irgend etwas lag in der Luft. Ich griff daher sogleich zum Mobiltelefon und sagte die geplante Verabredung ab mit der Begründung, ich müsse dringend etwas recherchieren.

„Okay", sagte Stucki, „aber davon musst du mir dann erzählen."

Die Versammlungen des Forums fanden in einem Saal im Enge-Quartier statt. Zu Küngs Wohnung liefen wir eine halbe Stunde, während Küng das heutige Treffen nochmals durchging. Herbstliche Kühle liess die Luft ungewöhnlich frisch erscheinen. Der langbeinige Norbert lief mit grossen Schritten, ich musste mich beeilen, um mitzukommen. Er redete unaufhörlich. Welche Diskussionsbeiträge hatten ihm gefallen, welche nicht, welche Personen zeigten Talent für bestimmte Aufträge. Das alles interessierte mich nicht, sodass ich mich nicht dazu äusserte. Er bemerkte es nicht, denn er ist ein Meister des Monologs.

*

Nachdem wir in seinem Salon Platz genommen hatten, kam er zur Sache.

„Du weisst, Max, dass ich ein beträchtliches Vermögen besitze. Da ohne Nachkommen, kann ich testamentarisch frei darüber verfügen. Ich habe nur einen Verwandten, nämlich einen Neffen namens Eugen Anderegg. Er ist selbständiger Ingenieur und scheint ein tüchtiger Kerl zu sein. Er wird oft als Gutachter für die Sicherheit von technischen Systemen beigezogen und arbeitet hier in Zürich, wo er auch wohnt. Wir treffen uns alle zwei Monate zum Essen, aber wissen nicht sehr viel voneinander. Meines Wissens ist er alleinstehend, doch spielt das eigentlich keine Rolle. Hast du bei deiner journalistischen Tätigkeit schon einmal von ihm gehört?"

„Nein, er ist mir unbekannt."

„Nun, bei unseren Tischgesprächen bleibt er undurchschaubar. Oft äussert er pointierte Ansichten, die meinen Wertvorstellungen zuwider laufen. Da stelle ich mir die Frage, ob ich ihn als Erben einsetzen soll. Die Skala reicht von Alleinerbe bis zu einem gewissen Anteil. Was ich ihm nicht vermache, geht teils ans Forum, teils an die Nichtraucherliga, du verstehst, als Kompensation für meine Tabakgeschäfte."

„Kann ich nachvollziehen."

„Nun, das Erbe wäre an die Bedingung geknüpft, das Forum in meinem Sinn weiter zu führen. Ich betrachte das Forum als mein Lebenswerk. Wenn sich die Menschen an mich erinnern, dann sollen sie nicht den Tabakhändler vor sich sehen, sondern den Gründer des Forums."

Er zögerte. Nun kommt der entscheidende Punkt, dachte ich. Während der Gesprächspause schaute ich auf das städtische Lichtermeer jenseits der Terrasse. Es wirkte zeitlos. Küng rief mich zurück in den Augenblick.

„Bevor ich entscheide, muss ich wissen, ob Eugen moralisch so hochstehend ist, dass er das Forum leiten kann und somit das Erbe verdient. Hat er die richtige Gesinnung? Ist er ein wertvolles Mitglied unserer Gesellschaft oder nicht? Würde er das Geld verplempern? Würde er es völlig egoistisch nur für sich selbst einsetzen und anfangen, ein luxuriöses Leben zu führen? Solche Fragen interessieren mich."

„Und was soll ich dabei tun?" fragte ich, wobei mir bereits dämmerte, was er mit mir vorhatte.

„Du bist Journalist und kannst recherchieren. Ich könnte einen Privatdetektiv beauftragen, aber da es mir um die Wertvorstellungen geht, würde ich jemanden wie dich vorziehen, der im Forum ist und meine Ansichten teilt."

Ich musste erst einmal leer schlucken. Damit hatte ich nicht gerechnet. Denn ein solcher Auftrag bedeutete eine persönliche Verwicklung, und solche Verwicklungen mag ich nicht mehr. Mein Verhältnis zur Welt ist distanziert geworden. Ich mag kaum noch Eifer aufbringen.

Was den Ausschlag gab, war Küngs nächste Bemerkung. „Jedenfalls würde ich deinen Einsatz honorieren. Mir schwebt ein Pauschalbetrag vor, und zwar zehntausend Franken zu Beginn, und weitere zehntausend, wenn du einen Bericht ablieferst. Und noch etwas: die Zeitung braucht nichts davon zu erfahren."

Zwanzigtausend Franken waren ein Argument, dem ich nicht widerstehen konnte. Mein Salär war zwar befriedigend, aber ich sah mich gezwungen, eine Reserve zu bilden. Der Zeitungsverlag stand finanziell nicht gut da. Sie schrieben zwar noch keine roten Zahlen, aber in der Redaktion mussten wir mit Entlassungen rechnen. Sie schmissen uns nicht einfach raus, sondern beförderten uns zu freien Mitarbeitern mit einem Grundhonorar knapp über dem Existenzminimum. Die Butter aufs Brot mussten wir uns dann mit selbst akquirierten Beiträgen verdienen.

Ich beschloss, Küngs Auftrag anzunehmen. Das Geld würde ich auf jeden Fall an der Zeitung vorbeischleusen. Gemäss Gesamtarbeitsvertrag hätte ich es deklarieren müssen, doch fand ich, dieser diene vor allem dazu, die überbordenden Forderungen der Arbeitgeber abzudämpfen..

Meine Überlegungen erweckten bei Norbert den Eindruck, ich wolle noch mehr herausschlagen. Das passte zu seiner Denkweise als Geschäftsmann, die er selbst nach der Gründung seines edlen Forums nicht abzulegen vermocht hatte. Also ergänzte er: „Und selbstverständlich kannst du die Spesen zusätzlich abrechnen."

Er hielt mir die Hand hin, und ich schlug ein. Und dann begann ich, sämtliche im Internet zugänglichen Informationen über Eugen Anderegg zu sammeln und bei einigen verschwiegenen Personen in meinem

Netzwerk – sie sassen in der Stadtbehörde, bei einer Grossbank sowie bei einer Versicherung – weitere Erkundigungen einzuholen. Ich erfuhr seine Adresse, sein versteuertes Einkommen, seine Ausbildung und bisherige berufliche Tätigkeit und seinen Zivilstand – er war nicht verheiratet. Und dann begann ich die Observation.

11

Als ich bei Anderegg zum nächsten Termin erschien, sah ich gleich, dass er verdrossen war. Und ich kannte auch den Grund. Spiess hatte einen Beitrag zum Fall Kuhnert verfasst, und Steinemann hatte den Beitrag prominent auf der ersten Seite platziert. Der Titel hiess „Fall Kuhnert anscheinend gelöst" und berichtete von Tamiras Geständnis. Ihr brachte Spiess viel Verständnis entgegen. Dass sie so sorglos in den Tag lebte, lastete er – ich hatte es richtig vorausgesehen – ihrem Vater an. Dieser müsse in irgendeiner Weise – die Justiz müsse sich etwas einfallen lassen – zur Rechenschaft gezogen werden. Das alles störte mich nicht, es entsprach dem Stil unseres Blattes. Heikel war, dass Spiess schrieb, der Experte Anderegg habe Ursache und Verlauf des Brandes bestätigt.

Eigenartig war nur, dass die Polizei offiziell nichts über das Geständnis hatte verlauten lassen. Als Steinemanns Assistentin bei der Pressestelle der Polizei anfragte, hörte sie nur: „Keinen Kommentar!" Hierauf wurde es Steinemann unwohl. Wenn eine Bestätigung der Polizei ausblieb, war die Meldung vermutlich fehlerhaft. Er rief mich in sein Büro und leerte zuerst einmal seinen Kropf. Er fluchte über Spiess' Vorpreschen. Eigentlich hätte er es wissen sollen, murrte er. Der Kerl schreibe süffig, aber schiesse oft übers Ziel hinaus und füge den Fakten noch ein Quantum Fiktion hinzu. Und er als Chefredaktor habe dann die Scherereien auszubaden. Ein Glück nur, dass er im Titel das Wort 'anscheinend' eingesetzt und die Angriffe gegen Silvio Kuhnert geglättet habe.

Dann liess er seinen Blick auf mir ruhen.

„Jetzt bist du dran, Max. Ich will dass du abklärst, ob Spiess' Darstellung der Wahrheit entspricht. Du führst ja mit Anderegg eine Reihe von Interviews. Sprich ihn auf den Fall an. Falls Anderegg falsch zitiert worden ist biete ihm an, dass wir uns bei ihm entschuldigen und eine Richtigstellung bringen, von mir aus auf der ersten Seite."

„Du denkst, Anderegg wird darüber mit jemandem von unserer Zeitung reden?"

„Du musst ihn eben dazu bringen. Hast so etwas doch schon oft getan."

Mal sehen, ob er mich überhaupt empfängt, dachte ich. Und Scheisse, dass derartige Aufträge mit verdächtiger Häufigkeit bei mir landen.

*

Anderegg öffnete mir die Tür. Doch bevor er mich eintreten liess, fragte er kühl: „Haben Sie etwas mit dem Artikel zu schaffen?"

Nun war Ehrlichkeit angeraten. Ich sagte: „Überhaupt nichts, ausser dass ich in der Redaktion erwähnt habe, Sie seien als Experte beigezogen worden."

Das genügte ihm. Er forderte mich auf, einzutreten, marschierte mir voran in sein Büro, wobei mir sein Humpeln heute stärker vorkam, und deutete auf den Besucherstuhl. Dann nahm er Platz, lehnte sich zurück, legte die Fingerspitzen zusammen und sagte:

„Das ist entweder Boulevard-Stil oder schludrige Arbeit. Beides mag ich nicht. Wie auch immer, Ihr Kollege hat sich voll in die Nesseln gesetzt. Tatsächlich war ich bei Tamiras Geständnis anwesend. Ich hörte mir ihre Erzählung an, und konnte ihr dann versichern, dass ihre Kerzen keineswegs den Brand ausgelöst haben. Ihr Zimmer war intakt, nur verrusst. Der Brandherd lag nicht hier. Kerzen brennen runter und erlöschen, und nur wenn sie nahe an einem brennbaren Material platziert sind, können sie einen Brand verursachen. Das Mädchen war aber in dieser Hinsicht vorsichtig genug. Sie war höllisch erleichtert, als ich sie freisprach, und wäre mir um den Hals gefallen, wären nicht die Detektive um den Tisch gesessen."

„Heisst das, Sie kennen die wahre Ursache des Brandes?"

„Mit grosse Wahrscheinlichkeit. Die Polizei sieht die Sache ähnlich, hat aber wegen bestimmter Begleitumstände eine Informationssperre verhängt. Und die gilt auch gegenüber Ihrem Redaktor, auch wenn er offensichtlich einen Informanten bei der Polizei hat. Im übrigen haben die beiden versagt. Der Informant hat dem Redaktor Tamiras Geständnis zu früh mitgeteilt und seine Meldung nicht korrigiert. Und Ihr Kollege hat vor dem Erscheinen des Artikels keine Bestätigung eingeholt, wie es seriös gewesen wäre."

„Das bedeutet, Sie sind vom Kollegen Spiess völlig falsch zitiert worden."

„Genau so ist es."

„Nun, der Chefredaktor bietet Ihnen an, dass wir

uns entschuldigen und eine Richtigstellung bringen. Würde Ihnen das genügen?"

„Ich denke ja. Eigentlich sollte ich Ihr Blatt wegen Rufschädigung einklagen. Aber die Polizei ermittelt weiter, und wenn Ergebnisse vorliegen, wird sie auch mein Gutachten bekanntgeben. Und dieses entlastet Tamira und beschreibt die tatsächliche Brandursache."

„Und wie soll es mit meinem Interview weiter gehen?"

„Das legen wir vorläufig aufs Eis. Ich mag nicht mit einer Zeitung zusammenarbeiten, welche eine Falschmeldung über mich gebracht hat. Zudem sähe es wie ein Deal aus, das Interview als Trostpflaster für die Rufschädigung."

Ich musste lachen. Beinahe hätte ich ihm vom Deal mit Gewerkschaft und Industrieverband berichtet. Doch ich unterliess es aus Loyalität gegenüber meinem Arbeitgeber. Immerhin gestand ich: „Solche Deals kommen bei uns zuweilen vor."

„Soviel zur Unabhängigkeit und zum Ethikverständnis Ihres Blattes", meinte Anderegg und zog spöttisch einen Mundwinkel nach oben.

*

Ich begab mich zurück in die Redaktion, ging gleich zu Steinemann und informierte ihn. Er rief Spiess dazu und putzte ihn herunter, während in mir Schadenfreude aufloderte.

Spiess wollte sich rechtfertigen, doch Steinemann schnitt ihm das Wort ab. „Du bist raus aus dem Fall

Kuhnert, Christian. Den übernimmt jetzt Max. Und es geht bestimmt weiter damit, denn Andereggs Äusserung kann nur bedeuten, dass die Polizei noch immer mit einem Verbrechen rechnet."

Spiess warf mir einen gehässigen Blick zu und marschierte ab, wobei es ihm nicht gelang, die pneumatisch gedämpfte Glastüre wirkungsvoll zuzuschlagen.

Zu mir sagte Steinemann: „Du weisst, was du zu tun hast. Schreibe eine Richtigstellung à la der Fall ist noch ungelöst, und wir entschuldigen uns bei Anderegg. Der Hinweis darauf, dass er Tamiras Geständnis bestätigt habe, beruhe auf einem Missverständnis. Und das bringen wir auf der ersten Seite rechts unten. Ich denke, damit ist die Sache für uns erledigt. Schliesslich kommt es manchmal vor, dass sich die Presse etwas aus den Fingern saugt, das nicht oder nicht so wie beschrieben zutrifft. Das hat kaum je Folgen, da die Leserschaft ihrer Lieblingszeitung in der Regel einen derartigen Patzer verzeiht."

„Du meinst die Polizei wird nichts unternehmen wegen Spiess' Artikel?"

„Die Polizeioberen wissen genau, dass Spiess die Information von einem ihrer höheren Beamten bekommen hat. Falls sie den nicht schon festgenagelt haben, werden sie ihn schnell eruiert haben und ihm eine Abreibung verpassen. Aber sie sind nicht interessiert, dass die Öffentlichkeit davon erfährt."

12

Nachdem Anderegg die verbleibenden Interview-Termine nicht ausdrücklich gestrichen hatte, begab ich mich beim nächsten Zeitpunkt zu ihm. Er war nicht überrascht.

„Ich habe Sie erwartet", erklärte er, als wir uns an seinem Schreibtisch gegenüber sassen. „Danke für die Richtigstellung und die Entschuldigung. Die Angelegenheit ist für mich erledigt. Ich möchte allerdings mit Ihnen grundsätzlich über Fake News reden. Und etwas über den Journalismus erfahren."

„Fake News wie in 'Falschmeldungen'?"

„Genau. Jetzt haben wir doch eine solche hautnah erlebt bei einer Zeitung, die regelmässig gegen die Fake News unliebsamer Politiker schnödet. Gilt da etwa ein doppelter Standard?"

„Nun ja, es gibt immer doppelte Standards. Nach meiner Erfahrung hat das jeder. Einen für die Freunde, einen für die Feinde."

„Das kenne ich gut, zum Beispiel aus meiner Verwandtschaft."

Er spielte bestimmt auf seinen Onkel an. Ich hakte jedoch nicht nach sondern erklärte:

„Dennoch: Falschmeldungen oder als Nachrichten verkleidete Mutmassungen können uns unterlaufen, sie entstehen durch Übereifer, durch Vorurteile oder aus Zeitmangel, wenn niemand genügend recherchiert. Aber sie gehören – anders als bei Boulevardblättern – nicht zu unserem Geschäftsmodell."

„Sie wollen mir aber nicht weismachen, Ihr Geschäftsmodell laute, möglichst objektiv Informationen zu verbreiten und die Ereignisse nüchtern zu analysieren?"

Ich begriff, dass ich jetzt den Missgriff unserer Zeitung ausbaden musste. Und dann überkam mich wie ein Blitz der Wunsch, dieses Gespräch vollkommen ehrlich zu führen. Ich fühlte so etwas wie eine Geständnislust aufkeimen. Politisch gesehen war Anderegg für mich ein Gegner, aber ich hatte angefangen, ihn zu mögen. Und auch wenn ich seine Ansichten nicht teilte: den Gegensatz fand ich spannend.

„Nein, auch wenn das in der Charta unserer Zeitung steht. Wichtiger ist, was ebenfalls in der Charta steht, nämlich dass wir uns einsetzen für Soziale Gerechtigkeit, Umweltschutz, Pazifismus und neuerdings Diversität."

„Hehre Ziele. Für mich klingen sie nach Marketing."

„Nun ja, wir sind ein wirtschaftliches Unternehmen. Unsere Zeitung muss gelesen werden. Wir schreiben das, was bei unserem Publikum ankommt. Unsere Leserinnen und Leser glauben ohnehin, die Wahrheit bereits zu kennen, wir brauchen das, was sie glauben, nur zu bestätigen."

„Das heisst, Ihre Leser sind eher an der richtigen Gesinnung interessiert als an einer möglichst genauen Berichterstattung über Geschehnisse."

„Stimmt. Und da es auch unsere Gesinnung ist, haben wir damit keine Probleme."

„Keine Probleme? Es dürfte nicht immer einfach sein, die Geschehnisse entsprechend zurechtzubiegen."

„Wir sind darin Fachleute. Was uns nicht in den Kram passt, lassen wir weg. Und was wir zur Unterfütterung unserer Thesen nützen können, übersteigern wir."

„Daher tönen viele Beiträge in Ihrem Blatt so schrill. Sie schaffen Skandale."

„Gewiss. Wir müssen provozieren. Langeweile ist der Tod der Presse. Wir melden keine Ereignisse ohne im Bericht Lob oder Kritik auszuteilen – wobei wir als Fachleute in der Lage sind, diese indirekt zu äussern, quasi mit der Wahl der Tonlage oder indem wir jemanden zitieren. Und wie gesagt, wir müssen das so tun, sonst können wir einpacken. Schlussendlich sind wir nur noch einer von vielen Informationsanbietern – denken Sie nur an die sozialen Netzwerke."

„Also es ist schlicht nicht Ihr Ziel, ungefärbt Nachrichten zu verbreiten."

„Nein. Die Unterhaltung spielt dabei eine wichtige Rolle. Denken Sie an die Lesegewohnheiten des Publikums."

„Was meinen Sie damit?"

„Nun, als Schüler und Gymnasiast habe ich viel gelesen. Immer hat man mich mit einem Buch angetroffen. Und bei vielen meiner Generation war das ebenso. Doch dann kamen das Fernsehen und das Internet. Wer liest heute schon ein Buch? Ist viel zu anspruchsvoll. Die erforderliche Aufmerksamkeitsspanne ist viel zu gross. Man muss sich am nächsten Abend noch daran erinnern, was man am Abend vorher gelesen hat. Lieber greift man zur Zeitung, zum Magazin, zum Sonntagsblatt. Man lässt sich das

Weltgeschehen in appetitlichen, mit Allzumenschlichem gewürzten Häppchen präsentieren. An tiefer reichenden Analysen ist fast niemand interessiert. Für die wenigen gibt es Bücher, über die wir im Feuilleton berichten."

Anderegg blickte nachdenklich drein. Er fragte: „Und wie sieht es denn für Sie persönlich aus? Ist Ihre Arbeit befriedigend? Freude oder Mühe?"

Das Klingeln des Telefons verschonte mich vor einer Antwort. Anderegg nahm ab.

„Aha, Onkel Norbert. Zum Essen, heute? Ja warum nicht. Bin übrigens gerade im Gespräch mit einem Zeitungsmann. Der will über den Stellenwert der Sicherheit in der Gesellschaft mit mir reden. Aber heute habe ich den Spiess umgedreht und ihn über das Pressewesen interviewt."

Er hörte Küng zu und sagte dann: „Wie er heisst? Max Rohr. Was gibt's da zu lachen?"

Er hörte weiter zu und legte dann den Hörer auf. „Norbert kennt Sie. Er sagt, Sie machen bei seinem Forum mit. Und er lädt Sie gerne zum Mittagessen mit uns ein. Haben Sie Zeit und Lust dazu?"

Das würde zwar delikat werden. Küng wünschte sicher nicht, dass Anderegg etwas von meinem Auftrag merkte. Aber es war eine gute Gelegenheit, die beiden einmal zusammen zu erleben.

„Bin gerne dabei."

„Prima. Freut mich. Wir müssen gleich aufbrechen, Onkel Norbert hat vorausgesagt, dass Sie kommen werden. Er erwartet uns im Zunfthaus zum Widder."

Er machte eine Pause und fuhr fort: „Und die Antwort, ob Ihre Arbeit Sie befriedigt, steht noch aus. Ich würde gerne darauf zurückkommen."

Für die Fahrt zum Restaurant nahmen wir das Tram. Ich beschloss, Andereggs Frage wiederum ehrlich zu beantworten.

„Ich kann nicht entscheiden, ob meine Arbeit befriedigend ist. Nach zwanzig Jahren Berufserfahrung bereitet sie mir kaum Mühe, aber das heisst auch, dass sie zur Routine geworden ist. Ich glaube, mir fehlt die Spannung. Und ich weiss nicht, wie ich innerhalb meines Berufs wieder dazu gelangen könnte. Alles scheint darin festgenagelt zu sein."

„Bedauernswert", sagte Anderegg. „Vom Standpunkt der Sicherheit her klingt die beherrschte Routine nicht schlecht, aber sie scheint mir lebensfremd zu sein. Vielleicht kann ich bei unserem Sicherheitsthema dazu beitragen, einige der Nägel zu lockern."

13

Kaum hatten wir uns im Restaurant gesetzt, brachte die Serviererin eine Halbliterkaraffe mit Weisswein. „Heute darf es das Doppelte sein", sagte Küng zu ihr, nachdem sie eingeschenkt hatte, „bringen Sie nochmals dasselbe." Anderegg erklärte mir: „Das ist ein Ritual. Wir fangen immer mit einem weissen Yvorne an, Onkels Lieblingswein, wird automatisch serviert."

Er musste an meinen Aussagen zur Presse Gefallen gefunden haben. Denn als wir mit den Gläsern anstiessen, sagte er: „Übrigens, ich bin Eugen."

Ich antwortete „Max" und blickte zu Norbert, halb erwartend, dass er die neue Vertrautheit zwischen meinem Objekt und mir missbillige, aber er lächelte milde und prostete uns beiden zu.

„Max ist Mitglied meines Forums", erklärte er seinem Neffen. „Und zwar ein wichtiges. Er ist federführend bei der Bekämpfung des Rauchens."

Anderegg blickte mich spöttisch an. „Dann hab ich ja Glück gehabt, dass du mich noch nie dabei erwischt hast." Und zu Küng: „Wofür tritt denn dein Forum ein? Du hast es mir bestimmt schon erzählt, aber es ist mir wieder entfallen."

„Es gibt Menschen, die durch ihr Verhalten der Gesellschaft schaden. Die wollen wir dazu bringen, ihr Verhalten zu ändern. Wir wollen ihren Lebensstil verändern. Dieses Ziel streben wir in erster Linie durch Belehrung und Erziehung an, und wenn das nichts nützt, auf der politischen Ebene, durch die Einführung neuer Gesetze."

„Was verstehst du unter 'der Gesellschaft schaden'?"

„Unsere übergeordnetes Ziel ist das Gemeinwohl, und wir konzentrieren uns auf Volksgesundheit und Umweltschutz. Unsere Kampagnen richten sich zum Beispiel gegen das Rauchen, überhaupt die Drogensucht, auch Trunksucht, die Ernährung mit Fast Food, die Verschwendung von Energie, das Autofahren dort, wo es ein Angebot des öffentlichen Verkehrs gibt. Du siehst, wir haben keinen Mangel an Themen. Wie wäre es übrigens, wenn du dem Forum beitreten würdest?"

Anderegg lachte. „O nein. Da passe ich nicht hin. Da muss man ein Bekenntnis ablegen, und ich mache nirgendwo mit, wo ein Bekenntnis verlangt wird."

„Das ist dein einziges Bekenntnis", warf ich ein.

Anderegg lächelte mir kurz zu und fuhr fort. „Zudem bin ich Raucher, fahre mit dem Auto zur Arbeit, verpflege mich am Mittag mit Fast Food und bin nicht gewillt, diese Dinge, die zu meinem Lebensstil gehören, zu ändern."

Er trank einen Schluck Wein und fuhr fort:

„Übrigens, der Zweck deines Forums klingt schön, ruft aber unschöne Erinnerungen an die DDR wach. Dort ging es auch um die Erziehung der Bürger. Nur haben sie ihre Untertanen noch gründlich ausspioniert, und wer sich nicht anpasste landete schnell im Gefängnis."

Anderegg bemerkte, dass ich ihn verständnislos anblickte. „Du bist zu jung, um die DDR erlebt zu haben. Der Spuk ging 1989 zu Ende."

„Das Ausspionieren ist mir allerdings bekannt.

Als ich Journalistik studierte, war die Stasi ein grosses Thema in den Medien."

Ich schaute Küng an um zu prüfen, ob das Stichwort 'Ausspionieren' bei ihm angekommen war, doch er reagierte nicht. Anderegg fuhr fort: „Könntest allerdings mal nach Kalifornien reisen. Natürlich ist das System dort kapitalistisch, aber die Behörden agieren ähnlich wie jene der DDR. Überall Zeugnisse der Volkserziehung, der Belehrung, des Nudgings zum guten Verhalten. Und selbstverständlich ein Dickicht von Gesetzen als Leitplanken zum korrekten Lebensstil. Ich begreife vollkommen, dass viele Konzerne ihren Sitz ins liberalere Texas verlegen."

Küng protestierte. „In Kalifornien sind sie uns in vielen Belangen weit voraus. Ich wäre glücklich, wenn unsere Behörden ähnlich agierten."

Anderegg nahm wieder einen Schluck und stichelte weiter: „Was die Trunksucht betrifft nehme ich an, dass wir zum Essen auf den Rotwein verzichten?"

„Blödsinn. Hier handelt es sich nicht um Trunksucht, sondern um Genuss."

Anderegg trank sein Glas aus. Küng reichte ihm das Brotkörbchen – wie um ihm Frieden anzubieten. „Hier, nimm. Ist selbstgebacken und daher unvergleichlich gut."

Anderegg brach ein Stück ab und kaute. Dann sagte er: „Danke, Onkel Norbert. War gut gemeint, aber wenn du mich fragst, ich finde das Paillasse vom Grossverteiler viel besser."

„Industriebrot? Du weisst nicht was gut ist", brummte Küng. „Und wenn ich dich richtig verstanden habe, foutierst du dich um das Gemeinwohl."

„Glaube ich nicht. Ich falle niemandem zur Last, arbeite, zahle anstandslos Steuern und Sozialabgaben, gehe wählen und abstimmen und halte mein Leben in Ordnung. Ich glaube nicht, dass es dem Gemeinwohl nützt, den individuellen Freiraum noch mehr einzugrenzen. Er ist durch die Gesetzesflut und die Bevölkerungsdichte schon genügend eingeschränkt."

„Man sollte nicht nur an sich denken, sondern an die Gemeinschaft."

„Na gut. Wie wäre es mit einer Kampagne gegen das Velofahren? Radfahrer gefährden sich selbst und so wie sie in den Fussgängerzonen herum rasen auch andere."

Anderegg grinste dabei wiederum spöttisch. Ich merkte, dass Küng sich ärgerte.

„Ich denke, du hast keine ethisch vertretbare Gesinnung."

Die Diskussion wurde unterbrochen. Die Serviererin kam, um die Bestellung aufzunehmen. Küng bestellte gebratene Filetwürfel, Anderegg ein Tatar vom Gelbflossenthunfisch und ich einen Fitnessteller. Ich wollte wieder einmal ein paar Kilos abnehmen und wusste bereits, dass ich neidisch auf die Teller der anderen linsen würde.

„Und eine Flasche Grand-Puy-Lacoste", sagte Küng. Und zu mir: „Ist ein feiner Bordeaux, Eugen hier trinkt ihn ebenso gerne wie ich, ich hoffe er wird auch dir schmecken."

Anderegg sagte: „Eine Gesinnung wie du sie meinst liegt mir nicht. Es hat sich so eingebürgert, dass Menschen ihre gute Gesinnung laut und oft zu

Protokoll geben, um politisch Druck zu machen. Daraus entstehen neue Gesetze, und oft wird für die Umsetzung eine neue Institution ohne jegliche Wertschöpfung geschaffen. Gelingt die Umsetzung nicht oder geht sie schief, müssen jene, die mit ihrer Gesinnung Druck ausgeübt haben, keine Verantwortung übernehmen."

„Dummes Zeug", rief Norbert aus, „das plapperst du gewissen Populisten nach."

Die Speisen und der Wein wurden serviert, und während wir anfingen zu essen fragte ich mich, ob mein Auftrag noch Sinn machte. Denn was sein Neffe hier geäussert hatte, entsprach wohl kaum Küngs Kriterien, um Eugen als Erben einzusetzen. Und schon gar nicht den Anforderungen, um nach Küngs Tod das Forum zu leiten. Anderegg war ja nicht einmal bereit, beizutreten.

Ich blickte die beiden prüfend an, und sogleich überkam mich ein Ekel. Norberts Essweise war unappetitlich. Er ass mit offenem Mund ohne sein Reden zu unterbrechen, die Mundpartie war mit Speisebrei beschmiert, und er hielt es nicht für nötig, sich mit der Serviette abzuwischen. Sein Weinglas trug ebenfalls einen ekelerregenden Ring. Ich bemerkte, dass Anderegg es wann immer möglich vermied, Küngs Gesicht oder sein Glas in den Blick zu bekommen. Ich tat dasselbe und bedauerte Anderegg, der alle zwei Monate mit seinem Onkel essen musste. Ich realisierte, dass er das aus verwandtschaftlicher Rücksichtnahme tat. Oder wegen des Erbes? Wohl eher nicht. Er schien mir nicht der Typ zu sein, der einer Erbschaft wegen Kompromisse einging.

Während des Essens sprach Küng über sein Lieblingsthema, die Ethik. Er habe deren Wert leider erst spät im Leben entdeckt, doch jetzt sei er voll davon überzeugt, eine ethische Gesinnung „fördern und fordern" zu müssen. Anderegg äusserte sich hierzu nicht mehr, doch Küng war es wohl in seinem Monolog.

Endlich wurden die Teller abgeräumt. Küng bestellte Kaffee. Plötzlich hatten wir alle es eilig. Küng zahlte, dann sagte er: „Bis zum nächsten Mal, Eugen. Und bring Max ruhig mit. Wir hätten auch ihn fragen sollen, was er zu all dem meint."

Er wandte sich an mich. „Eugen ist mein einziger Verwandter. Aber wir sind selten einer Meinung, immer entwickelt sich unser Treffen früher oder später zu einem Streitgespräch. Eigentlich schade."

Dies äusserte er in Andereggs Gegenwart, der dazu grinste. Draussen vor dem Lokal blieb Anderegg stehen und zündete sich eine Zigarette an.

„Du solltest das bleiben lassen!" fuhr Norbert seinen Neffen an. Anderegg schüttelte nur den Kopf, während Küng erregt heim marschierte, nachdem er mir kurz einen Abschied zugewinkt hatte.

Zu mir sagte Anderegg: „Du findest bestimmt auch, ich sollte das bleiben lassen. Tue ich aber nicht. Mir geht es darum, in meinem Leben eine Ausgewogenheit zwischen Unlust und Lust zu schaffen."

Er warf den Stummel in den Aschenbecher, den das Restaurant in der Nähe des Eingangs hatte montieren lassen.

„Also, Ciao, wir sehen uns."

14

Am folgenden Tag beraumte die Polizei unerwartet eine Pressekonferenz zum Brand in der Villa Kuhnert an. Also begab ich mich in die Polizeikaserne. Der Presseraum war voll. Wieder einmal handelte es sich um ein Provisorium mit ungenügendem Platz. Die Luft im Zimmer wurde schnell stickig. Düfte von Aftershaves und Schweissgeruch breiteten sich aus. Der Polizeisprecher blickte auf seine Uhr und fing pünktlich an.

„Meine Damen und Herren, ich begrüsse Sie. Bitte entschuldigen Sie die Platzverhältnisse. Die Polizeikaserne wird wieder mal umgebaut, wir brauchen Räume für die neue Abteilung Cyberkriminalität."

Nach dieser Ansage nahm er einen Schluck Wasser und fuhr weiter:

„Wie angekündigt geht es heute um den Brand in der Kuhnert-Villa, der bekanntlich ein Todesopfer gefordert hat, nämlich die Besitzerin Lydia Kuhnert. Wir können Ihnen heute noch nicht die vollen Ergebnisse präsentieren, aber nachdem ein Blatt kürzlich Mutmassungen über die Brandursache und die Verursacherin publiziert hat, halten wir einen Zwischenbericht für nötig. Vorab möchte ich sagen, dass die erwähnten Mutmassungen nicht zutreffen."

Durch den Presseraum ging ein Geraune, und alle blickten auf mich. Der Sprecher sagte: „Und ich stelle fest, dass Ihr Kollege, der sich diesen Artikel aus den Fingern gesaugt hat, ersetzt worden ist. Ich persönlich finde das schon einmal gut."

Ich grinste. Spiess war bei der Polizei für längere Zeit in Ungnade gefallen.

Der Sprecher fuhr weiter. „Ich stelle demnach richtig, dass der Brand nicht durch die Kerzen der Enkelin des Opfers, Tamira Kuhnert, verursacht worden ist. Der Brand entstand nach der Reparatur einer alten Abflussleitung im Badezimmer, bei der die Schweissarbeit nicht mit der notwendigen Sorgfalt ausgeführt wurde. Die Verletzung der üblichen Sorgfaltspflicht ist allerdings so gravierend, dass wir weiter ermitteln. Im Einklang mit unserem Experten sind wir zum Schluss gelangt, dass entweder grobe Fahrlässigkeit oder sogar Absicht im Spiel war."

Für uns Journalisten war das eine Bombe. Im Saal wurde es sogleich lärmig. Der Sprecher rief: „Bitte Ruhe!" Nachdem es stiller geworden war, sagte er: „Sie werden verstehen, dass wir zur Zeit keine Fragen beantworten werden. Sobald wir gesicherte Informationen haben, werden wir Sie wieder einladen."

Er stellte das Mikrofon ab und ging.

*

Während meine Kollegen noch eifrig diskutierten und neue Mutmassungen austauschten, begab ich mich in die Redaktion zurück. Ich fand, der Polizeisprecher habe sich weit aus dem Fenster gelehnt. Was bedeutete 'Absicht'? Entweder hatte der Sanitärarbeiter eine Sabotage beabsichtigt, oder er war von einer Person, die vom Brand profitieren konnte, dafür bezahlt worden. Und hierfür kam wohl nur

Sohn Silvio in Frage – wie es eine Boulevardzeitung bereits angedeutet hatte. Die Villa stand zwar noch, und vermutlich würde die Feuerversicherung die Renovation berappen. Doch in einer solchen Situation war die Alternative durchaus vernünftig, das Gebäude abzureissen und das Gelände mit Luxuswohnungen zu überbauen.

Ich berichtete Steinemann von der Pressekonferenz. Er meinte, ich solle einen kurzen Artikel dazu schreiben und den Hinweis nicht versäumen, dass, falls Fahrlässigkeit der Grund sei, daran nichts anderes schuld sei als der Zeitdruck, der heutzutage brutal auf den Arbeitern laste. Dagegen hatte ich nichts einzuwenden, obschon ich im Innern Anderegg sagen hörte: „Das ist eine ideologische Floskel, du hast keine Ahnung, ob der Arbeiter tatsächlich unter Druck gestanden hat." Und ich würde ihm verraten, wie wir derart globale Verdächtigungen jeweils behandeln. Wir würden nur die entsprechende Frage aufwerfen und dann einen Gewerkschafter zitieren, den ich um seine Meinung anfragen würde.

Ich rief Stucki an.

„Sag mal, verdächtigt Ihr allen Ernstes Silvio Kuhnert?"

„Du spinnst ja wenn du glaubst, nach Spiess Ausrutscher würde ich dir Infos geben."

„Jetzt hör aber auf! Hast du schon je erlebt, dass ich dich exponiert hätte?"

„Stimmt auch wieder. Abgesehen davon hat unser Sprecher es so formuliert, dass man automatisch auf den Gedanken kommt. Nun, Anderegg hat herausgefunden, dass jemand – es kommt kaum ein anderer als der Sanitärarbeiter in Frage – bei der Schweissstelle in der Kammer unter der Badewanne brennbares Material – in diesem Fall einen ölgetränkten Putzlumpen – liegen gelassen hat. So konnte sich ein Schwelbrand entwickeln. Es sei kaum möglich, dass der erfahrene Arbeiter das irrtümlich getan habe. Für ihn sehe es nach Sabotage aus."

„Und Ihr denkt, Kuhnert habe den Arbeiter angestiftet?"

„Das wissen wir nicht. Wir haben den Arbeiter ausgiebig verhört und tun dies weiterhin. Er ist Portugiese – was noch nichts heisst, sehr aktiv in der Gewerkschaft – was immer noch nichts heisst, aber Mitglied einer kleinen, revolutionären marxistischen Bewegung – was schon etwas heissen könnte."

„Arme Polizei! Was immer ihr herausfindet, man wird euch mit Vorwürfen eindecken."

Stucki lachte. „Das siehst du vollkommen korrekt. Staatsanwalt Hürzeler würde sich die Haare raufen, wenn er denn noch welche hätte. In allen Fällen haben wir schon verloren. Stellt es sich heraus, dass der Kommunist aus eigenem Antrieb Sabotage gegen die Reichen betrieben hat, unterstellt man uns – und zu 'man' gehört durchaus auch euer edles Blatt – politische Motive und Kommunistenjagd mit dem Zweck, Kuhnert zu entlasten. War er von Silvio bezahlt, wird man anzweifeln, dass ein guter Kommunist käuflich ist. Dann könnten wir uns nur mit grober Fahrlässigkeit retten. Wobei vielleicht ein eifriger Anwalt uns wegen Rufschädigung eines erfahrenen Handwerkers einklagen möchte."

„Mit anderen Worten, Kuhnert wäre der ideale

Schuldige, aber dazu müsste er den Putzlappen selbst hingelegt haben."

„Und das schliessen wir aus. Er hat ein gesichertes Alibi, war mehrere Tage an einem Symposium in Helsinki. Bleibt nur noch, dass er einen Kleinkriminellen angeheuert hat. Aber hierzu gibt es keine Anhaltspunkte. Das heisst, die Scheisse ist am Dampfen und wir können nur verlieren."

„Die Staatsanwaltschaft ist wirklich nicht zu beneiden."

„Nun ja, ich sage immer, die beziehen ein hohes Salär, und ein grosser Teil davon ist das Schmerzensgeld für solche Fälle."

Ich lachte. „Gut gesagt. Nun, danke für die Erleuchtung. Natürlich werde ich nichts davon in meinem Artikel zur Pressekonferenz sagen."

*

Später rief Küng an. Er wollte wissen, was ich zum Gespräch am gestrigen Mittagstisch denke. Seine Stimme klang anders als sonst. Brüchiger. Ich dachte, jetzt zeigt sich sein Alter. Dann fiel mir ein Grund ein: das gestrige Gespräch war ihm nahe gegangen. Als ich überlegte, was ich ihm antworten sollte, fuhr er weiter: „Komm doch bitte heute Abend vorbei. Ich muss mit jemandem reden, am besten mit dir, du warst ja dabei. Ich offeriere dir ein gutes Glas Wein."

Das hatte beinahe bettelnd getönt.

15

Norbert sass bereits in seinem üblichen Sessel am Panoramafenster, das wie ein Gemälde anzusehen war, mit See und Alpen im Schein der untergehenden Sonne. Vor ihm stand auf einem silbernen Tablett neben einem vollen und einem unbenutzten Glas eine Flasche Bordeaux-Wein, die bereits halb leer war. Er verscheuchte James, der mit fragender Miene neben mir stehen geblieben war, lud mich mit einem Wink ein, Platz zu nehmen und schenkte mir ein.

„Prosit. Das Streitgespräch mit Eugen hat mich aufgerüttelt. Wir haben immer ein bisschen gestritten, eigentlich mehr gestichelt. Aber so klar wie gestern sind die Unterschiede nie hervorgetreten. Was meinst du dazu?"

„Es war lehrreich. Ich habe mich gefragt, ob dein Auftrag noch Sinn macht. Eugen hat seine Haltung unmissverständlich klar gemacht. Macht es Sinn, meine Recherche noch zu vertiefen? Ihr beide habt nun tatsächlich ganz verschiedene Wertvorstellungen. Ist er für dich als Erbe überhaupt noch im Rennen?"

„Falls er ehrlich seine Gesinnung kundgetan hat, kommt er kaum in Frage. Aber vielleicht hat er den Streit um des Streites willen angefangen und einfach das Gegenteil von meinen Positionen vertreten?"

„Ich glaube nicht. Mein bisheriger Eindruck ist, dass Eugen ein eher gleichgültiger Mensch ist. Er betrachtet die Welt mit den Augen des Ingenieurs, analysiert sie kühl und bildet sich eine Meinung. Er scheint sich nirgends zu engagieren und bekennt sich zu nichts, ausser vielleicht zu seinen Ingenieurmethoden. Er tut seine Meinung kund, und es ist ihm völlig egal, ob sein Gegenüber diese akzeptiert oder nicht. An Streit ist er nicht interessiert. Und selbstverständlich lässt er die gegnerischen Argumente im Raum stehen, ohne sie sich zu eigen zu machen."

„Kann gut sein, dass du Recht hast. Ich gebe zu, meine Hoffnungen haben einen Dämpfer erlitten. Ich hätte mir Eugen gerne als Nachfolger gewünscht, so wäre die Stiftung in der Familie geblieben. Du solltest aber auf jeden Fall den Kontakt mit ihm beibehalten. Ich denke, er mag dich. Womöglich kannst du ihn beeinflussen? Falls ich ihn als Erben einsetze, muss er auf jeden Fall das Rauchen aufgeben. Aber etwas will ich doch noch wissen. Wie sieht es mit Eugens Beziehungen aus? Hat er eine Partnerin, oder gar einen Partner? Gibt es einen Freundeskreis, macht er bei einem Verein mit? Geh doch bitte noch diesen Fragen nach."

„Das tue ich gerne. Es nimmt mich selbst wunder. Das bedeutet allerdings, dass ich ihn weiter intensiv beobachten muss, und es könnte lange gehen bis ich ein Ergebnis habe. Ist nicht ideal."

Küng überlegte und sagte dann: „Dann machen wir etwas anderes. Er war noch nie hier. Ich werde ihn zu einem Essen einladen und sagen, eine Begleitung sei willkommen. Und du bist natürlich auch dabei."

Er ergriff sogleich das Telefon und rief Anderegg an. Ich dachte, Anderegg wird keine Zeit haben, doch Anderegg nahm die Einladung an. „Also, Eugen, übermorgen zum Abendessen, bis dann", rief

Küng glücklich ins Mikrofon und legte auf. Zu mir sagte er: „Siehst du, war ganz einfach. Und er kommt mit Begleitung. Mal sehen, wie die aussieht. Übrigens, falls du wieder eine Partnerin hast, ist sie selbstverständlich auch eingeladen."

„Habe ich nicht", sagte ich, und hätte beinahe ein 'leider' angefügt.

Bevor Küng mich zum Ressortleiter für den Kampf gegen das Rauchen ernannte, hatte er mich regelrecht verhört. Er wollte nicht nur meine Gesinnung prüfen, sondern auch wissen, ob ich in einer Partnerschaft lebe. Ich verneinte schon damals, denn kurz vorher war eine Beziehung zu Ende gegangen, die dauerhaft hätte werden können.

Sie war Reporterin beim Fernsehen. Wir hatten uns an einer Pressekonferenz kennengelernt. Einige Monate lang ging alles gut, doch dann vergeigte ich es. Ganz klar und ungeschminkt: ich habe es vergeigt, indem ich plötzlich jeglichen Kompromiss – und eine Beziehung lebt von Kompromissen – ablehnte. Wir hatten uns darauf geeinigt, eine Ferienwoche auf den Kanaren zu verbringen. Ich hatte mich mit ihr zusammen quasi offiziell aufs Wandern, Schwimmen, Essen und Trinken gefreut. Als die Zeit dafür gekommen war, mochte ich nicht verreisen und liess sie allein ziehen. Ich weiss nicht mehr, welcher Teufel mich damals ritt. Plötzlich war mir meine Autonomie wichtig, und ich fand die Kanaren beschissen. Erschwerend kam hinzu, dass sie mich eingeladen hatte. Am Morgen der Abreise weigerte ich mich, mitzufahren, sodass sie keinen Ersatz für die Nutzung meines Flugtickets und die Pension finden konnte. Heute kann ich über mein Verhalten nur den Kopf schütteln.

Nach ihrer Rückkehr führten wir ein Grundsatzgespräch. Sie glaubte, den Grund für meine Verweigerung erkannt zu haben. Sie sagte: „Du liebst immer noch deine Ex. Bist gar nicht bereit für eine andere Person an deiner Seite."

Sie hatte vermutlich Recht. Bei meiner Ehefrau Nicole war ich viele Kompromisse eingegangen, ohne dass es mich gestört hätte. Nur zum einen, grossen Kompromiss, nämlich Kinder aufzuziehen, war ich nicht bereit gewesen.

Ich gebe zu, Nicole fehlt mir noch immer. Und ich vermisse genau das, was mich während unserer Ehe oft ärgerte: den Widerspruch.

Es gibt in allen Gruppierungen Codeworte, zu denen man nur zu nicken braucht, und schon gehört man dazu. In unserer Redaktion schweben sie auch herum. Ich brachte sie nach Hause und bekam oft eine kalte Dusche. Etwa als wir über Fremdenfeindlichkeit diskutierten und ich den Populismus bejammerte, weil dieser die politische Auseinandersetzung auf Schlagworte reduziere. „Du meinst bestimmt den Rechtspopulismus", sagte Nicole.

„Gewiss. Gibt es einen anderen?"

„Natürlich. Hör dir mal an, was die Linksparteien erzählen, wenn sie gegen den Kapitalismus oder gegen die sogenannten Reichen wettern. Der reine Populismus."

Und schon war die Stimmung beim Abendessen wieder einmal unter dem Gefrierpunkt. Wir waren allerdings geübt darin, die miese Stimmung nicht andauern zu lassen. Schon die Fernsehnachrichten kommentierten wir wieder einhellig.

Auch wenn ich ihr nicht ins Gesicht sagte, dass sie Recht habe, blieb mir ihre Aussage im Gedächtnis und bewirkte, dass ich zur berufsmässigen Ideologie Distanz nehmen konnte. Ich denke, Nicole legte den Grundstein zu meinem fehlenden Engagement, das mir später Küngs Barfrau Stefanie ankreidete.

Küng fand, ein sozial wertvolle Lebensweise bedinge eine Partnerschaft. Dies, obschon er selbst nie in einer solchen gelebt hatte. Als wir vertrauter waren, sprach ich ihn darauf an. Er seufzte und sagte: „Früher hatte ich dafür keine Zeit. Und später keine Lust. Zwar gab es Frauen, die Interesse zeigten, aber ich sagte mir, wenn du alle paar Monate ein Glas Milch trinkst, musst du noch lange keinen Bauernhof kaufen."

Dieses Bonmot fiel mir wieder ein. Ich begann zu überlegen, ob es denn auch auf mich zutraf. Doch Küng weckte mich aus meinen Gedanken. „Nun gut, dann kommst du allein und kannst dafür umso besser Eugen und seine Dame beobachten."

16

Wow, rief es in meinem Innern aus, und neidisch
liess ich den Anblick von Andereggs Partnerin auf
mich wirken. Sie hiess Linda, war unbestreitbar attraktiv, kam sportlich elegant daher und strahlte
fröhliche Gelassenheit aus. Und sie beeinflusste Anderegg. Ich sah sofort, mit Linda zusammen trat er
nicht mehr einzeln auf, sondern im Paar. Er verhielt
sich nicht so kühl wie sonst, sondern wirkte freundlich, geradezu entgegenkommend.

Optisch passten die beiden hervorragend zusammen. Beide mittelgross und schlank – sie dank weib-
licher Rundungen etwas voller als er, beide mit
wachen Gesichtern. Und beide bewegten sich ener-
gisch und zielgerichtet. Von Andereggs Behinderung
war kaum etwas zu bemerken.

Dabei fiel mir auf, dass zwischen Küng und seinem Neffen praktisch keine Familienähnlichkeit vorhanden war.

Der Butler James servierte uns im Salon ein Glas
Bollinger, worauf Küng Linda ziemlich indiskret
auszufragen begann. Während sich Anderegg amüsierte, erzählte sie, dass sie Mitte fünfzig sei und als
Verkaufsleiterin für Osteuropa bei einer Firma arbeite, die zahnmedizinische Einrichtungen herstellte.
Küng gefiel das ausnehmend. Dann entschuldigte er
sich bei Linda und erklärte, bedauerlicherweise hätten er und seine Neffe wenig Kontakt. Er hoffe, das
werde sich ändern (Anderegg verzog das Gesicht, ich
musste mich beherrschen, um nicht heraus zu lachen). Doch das sei der Grund, dass er so blöde Fra-

gen stelle wie die, ob Linda und Eugen zusammen lebten,

Linda antwortete lächelnd, als Eugens Onkel dürfe er solche Fragen durchaus stellen, umso mehr als ihr bekannt sei, dass Eugen höchst ungern über seine Lebensumstände rede, Verwandtschaft hin oder her. Nein, sie lebten nicht zusammen. Ihr Beziehung dauere nun schon acht Jahre, aber sie habe eine Tochter namens Jasmin, die jetzt fünfundzwanzig werde. Jasmin verstehe sich gut mit Eugen, doch als sie ihre Beziehung begonnen hätten, habe sich Jasmin in der Pubertät befunden und heftig Opposition gegen ein Zusammenleben gemacht, gar eines mit Eheschein. Sie hätte halt ihren Vater, der früh verstorben sei, sehr verehrt. Und dabei sei es geblieben. Nicht ausgeschlossen, dass Eugen und sie, wenn Jasmin sich selbständig gemacht habe, einen gemeinsamen Haushalt ins Auge fassen würden.

James meldete, das Dinner sei aufgetragen, und Küng bat uns zu Tisch. Der thailändische Koch Jean hatte ein Filet im Teig zubereitet. Während des Essens zeigte er sich kurz, um zu fragen, ob alles in Ordnung sei. Wir Gäste lobten das Essen, während Küng uns in Anwesenheit von Jean erklärte, dieser heisse natürlich nicht Jean, sondern habe einen komplizierten thailändischen Namen, weshalb er ihn kurzerhand Jean getauft habe; schliesslich habe Jean viele Jahre in Marseille gelebt. Küng sprach mit Jean denn auch französisch, und auch Linda machte Jean in – wie mir schien – perfektem Französisch ein Kompliment für das Essen.

Dann hob Norbert sein Glas in Richtung von

Linda und erklärte: „Es ist zwar nicht an mir, Ihnen das 'du' anzutragen aber immerhin bin ich fast dreissig Jahre älter als Sie, Linda. Dürfen wir uns duzen? Ich bin Norbert."

Linda lachte. „Selbstverständlich, Norbert."

Ich stellte fest, dass Küng sich heute beim Essen Mühe gab. James half ihm dabei. Küng und ich sassen Anderegg und Linda gegenüber. Manchmal lief James beim Servieren hinter den beiden vorbei und gab Norbert ein Zeichen, er solle sich den Mund abwischen.

Dann wollte Küng wissen, was Tochter Jasmin beruflich mache. „Sie hat als Kauffrau abgeschlossen, doch diese Arbeit machte ihr keine Freude", erklärte Linda. „Nun erlernt sie den Hebammenberuf."

„Ist kein leichter Beruf. Da muss man sich engagieren. Doch gesellschaftlich gesehen ist das eine ausserordentlich wertvolle Tätigkeit. Übermittle deiner Tochter bitte meine Hochachtung."

„Das werde ich gerne tun."

„Als Kauffrau hätte sie vermutlich besser verdient", meinte Küng. „Sie hat aber dem Gemeinwohl den Vorzug gegeben. Das finde ich toll."

„Onkel ist und bleibt ein Gutmensch", sagte Anderegg zu Linda.

„Und meine Neffe ist eher asozial", beklagte sich Küng, an Linda gewandt. Und zu Anderegg: „Wie steht es eigentlich mit sozialen Kontakten? Ich meine ausserhalb des Berufs. Hast du überhaupt Freunde? Bist du in einem Verein?"

„Ich sage es so: Ich habe alles an sozialen Kontakten, was ich brauche. Es gibt ein paar Menschen, mit denen ich befreundet bin und auf die ich mich verlassen kann. Im übrigen werden soziale Kontakte überschätzt. Vor allem was die zwischenmenschliche Kommunikation betrifft. Denn die Menschen plappern nach. Sie äussern sich entsprechend dem Kreis, zu dem sie gehören. Ewig hört man dieselben Klischees."

„So schlimm kann's nicht sein."

„Da hast du recht. Interessante Begegnungen kommen vor, wenn auch selten. Zum Beispiel freut es mich echt, Max hier kennen gelernt zu haben. Aber abgesehen davon behilft man sich am besten mit Romanen und Spielfilmen, um das wahre Leben zu erleben. Und übrigens gibt es da noch den inneren Dialog, um strittige Sachverhalte zu diskutieren."

Linda sagte: „Erst von Eugen habe ich gelernt, Belletristik und Filme zu geniessen. Da werden so viele Lebensentwürfe und Schicksale beschrieben. Alles viel aufregender als das Durchschnittsleben, das wir alle führen."

Ich mischte mich ein und sagte: „Eugen, dir fehlt nun einmal die Fähigkeit, mit anderen Menschen herumzuhängen, bei einem Drink zu plaudern, zu witzeln, ohne jeglichen Ernst. Dir mangelt es an der Leichtigkeit, um die Zeit in Gesellschaft zu verbringen und dich dabei zu erholen, den Alltag abzulegen."

„Was ist daran falsch? Das liegt mir einfach nicht. Ich brauche es nicht."

James servierte den Nachtisch. Küng kam nun auf den Fall Kuhnert zu sprechen. Er sagte: „Ihr seid beide involviert. Eugen als Experte, und Max als Reporter. Wisst ihr schon, wie es weiter geht?"

Anderegg antwortete: „Ich habe meine Erkenntnisse der Polizei mitgeteilt. Mehr kann ich dazu nicht sagen."

„Und ich weiss nichts, was über die Verlautbarung der Polizei hinausgeht, und das hast du bestimmt aus der Zeitung erfahren. Demnach sieht es so aus, als sei der Fall noch nicht abgeschlossen."

Küng meinte: „Die Frage ist doch die, hat mein ehemaliger Parteikollege Silvio Kuhnert etwas mit dem Brand zu tun? Jedenfalls kommt er jetzt womöglich in die angenehme Lage, seine Luxuswohnungen bauen zu können."

Niemand nahm den Faden auf. Ich bemerkte, wie Anderegg unter dem Tisch Lindas Hand drückte. Vermutlich hatte er sie eingeweiht.

Küng sah nun müde aus. James räumte ab, und Küng sagte: „Ich bin ein alter Mann und schon müde, muss ins Bett. Ihr könnt hier weiter feiern, James kann euch einen Absacker servieren. Aber ich ziehe mich zurück."

Niemand wollte bleiben. Wir erhoben uns, bedankten uns bei Küng und verabschiedeten uns. Zu Anderegg sagte ich: „Wir haben noch einen Termin frei. Ich komme zu dir ins Büro."

„Ist in Ordnung."

Auf der Strasse vor Küngs Haus zündete sich Anderegg eine Zigarette an. Auch Linda bediente sich aus seinem Etui. Es wirkte harmonisch, wir die beiden dastanden und rauchten. Ich wünschte ihnen gute Nacht. Als ich zurückblickte, sah ich, dass sie

94

sich amüsierten. Das Thema war vermutlich das Abendessen bei Norbert. Mein Vorwurf der fehlenden Leichtigkeit war offensichtlich daneben gegangen. Ich dachte 'Scheisse' und marschierte durch die nächtlichen Strassen nach Hause.

17

Küng rief mich am Morgen an. „Ist eine feine Frau, diese Linda. Dass er sie an Land ziehen konnte spricht für Eugen."

„Finde ich auch. Und sie tut ihm gut. Er war viel offener als sonst."

„Bleib am Ball. Ich will mehr über ihn wissen." Er machte eine Pause, um fortzufahren: „Eugens Eltern sind vor einigen Jahren gestorben, zuerst meine Schwester, dann ihr Mann. Schon mit dem Ehepaar hatte ich kaum mehr Kontakt. Der Grund war, dass meine Schwester meinen Lebensstil missbilligte. Sie fand, ich sei ein Lebemann. Nun, vielleicht war ich das. Doch wie steht es mit der Moral meines Neffen? Wir wissen, dass er raucht, sich nicht um des Gemeinwohl kümmert, nicht bereit ist, seine Bequemlichkeit dem Umweltschutz zu opfern. Finde heraus, ob er noch weitere dunkle Flecken auf der Weste hat."

Er hängte auf, und ich dachte, aha, so läuft der Hase. Küng möchte den Vorwurf seiner Schwester ihrem Sohn heimzahlen. Nachdem er sich fast sein ganzes Leben lang nicht um Sittlichkeit bemüht hat, spielt er nun den Moralapostel und hält Gericht über andere.

*

Ich hatte keine Lust, Küngs Auftrag nachzugehen. Lieber wollte mich auf den Fall Kuhnert konzentrieren. Ich hatte angebissen. Das war ein Ereignis mit komplizierten Begleitumständen. Es lohnte sich, zu recherchieren. Umso mehr, als ich nach dem Gespräch mit Stucki nicht sicher war, ob die Staatsanwaltschaft nicht aus Opportunismus den wahren Ablauf vertuschen wollte. Und ich dachte, da kann mir Anderegg nützlich sein.

Anderegg dachte offenbar ähnlich. Als ich vor seinem Schreibtisch Platz genommen und er mir einen Kaffee gebraut hatte, sagte er: „Max, jetzt will ich etwas von dir."

„Und das wäre?"

„Ich möchte, dass du mir alle Informationen über den Brandfall lieferst, die du bei deinen Quellen erfahren hast. Und sag nicht, du wüsstest nichts. Ich habe sehr wohl gemerkt, dass dich die Angelegenheit gepackt hat. Mich auch. Mein Gutachten trägt zur Wahrheitsfindung bei, aber ich möchte den ganzen Vorgang aufgeklärt haben, und zwar ohne Rücksichtnahme auf politische oder andere Prioritäten."

„Ich sehe das genau gleich."

Ich berichtete ihm, was ich von Stucki erfahren hatte. Und fragte: „Kannst du mir den Ablauf des Brandes erklären?"

„Gewiss. Lydia Kuhnert liess Bad und Küche renovieren. Offenbar gab es unter der Badewanne schon seit einiger Zeit einen Wasserschaden. Der Ablauf musste ersetzt werden, was eine Schweissarbeit erforderte. Es war eine dieser alten Badewannen mit einem Türchen, das zur Rohrkammer führt. Dort wurde geschweisst, und dort hat es nichts, was brennbar ist. Allerdings haben wir nachgewiesen, dass jemand dort etwas Brennbares deponiert hat. Der Asche nach könnte es sich um einen ölgetränkten Lappen handeln. Funken oder Schweissperlen führten zu einem Schwelbrand in der Kammer. Für einen richtigen Brand fehlte der Sauerstoff. Um fünf Uhr war der Arbeiter fertig. Er packte seine Anlage zusammen und ging. Als dann wegen der Wärmeentwicklung das Türchen platzte, brach Sauerstoff herein und es entwickelte sich ein Brand. Du kannst dir vorstellen, dass auch im Bad von Frau Kuhnert genügend Textilien vorhanden waren, um trotz der Auskleidung mit Fliesen einem Feuer Nahrung zu geben. Die Badezimmertür war nur angelehnt, so dass sich Russ und Rauch über das ganze Haus verteilten, auch ins Schlafzimmer der alten Dame. Das Bad hat ein grosses Fenster, sodass Nachbarn um Mitternacht den Brand entdeckten und die Feuerwehr alarmierten. Aber Lydia Kuhnert war bereits erstickt."

Ich sagte: „Der Schlüssel liegt beim Arbeiter. Mit dem müssten wir reden."

„Denkst du, du kommst an den ran? Ich srach nur mit seinem Chef."

„Ich werde es versuchen. Ist nicht ungewöhnlich, dass ein Journalist mit Fragen kommt. Muss allerdings zuerst wissen, um wen es sich handelt."

Anderegg öffnete eine Schublade und holte ein Dokument hervor. „Der erste Polizeibericht. Hier drin steht zwar nicht der Name des Arbeiters, aber jener der Sanitärfirma. 'Kellerhals Sanitär'."

„Das reicht fürs erste. Ich halte dich auf dem Laufenden."

*

Die Firma hatte ihr Domizil in einer Industriezone der Agglomeration. Ich fuhr bei strahlender Sonne hinaus ins Grüne, das sich mit Beginn des Herbstes allmählich ins Bräunliche wandelte. Der Betrieb belegte eine grosse Werkhalle und einen angebauten, kleinen Bürotrakt. Die Werkhalle stand weit offen. Am Eingang gab es eine Glaskabine, in der ein alter Mann residierte. Ich zückte den Presseausweis und erwartete Widerstand, doch er beschrieb mir den Weg durch die Halle und griff dann zum Telefon. Die Halle war ein Gemisch aus Werkstatt, Lager und Garage. Ein Mann arbeitete an einer Werkbank, sonst war niemand in Sicht. Alles sah ordentlich und aufgeräumt aus, mit viel Licht und Luft. Ich dachte, die heutigen Arbeitsplätze der Handwerker sind gar nicht so übel. Das ehemalige Proletariat werkelt in grosszügigen Räumen, während wir Journalisten zusammengepfercht werden. Mit anderen Worten, wir sind das neue Proletariat. Der Gedanke erfüllte mich mit einem befriedigenden Grimm.

Zum Büro hinauf führte eine Eisentreppe. Ich trat ein und gelangte in einen grossen Raum mit einem Schreibtisch, hinter dem eine hübsche Frau mittleren Alters sass und Zahlen in einen Computer eintippte. Sie lächelte freundlich und sagte: „Von der Presse? Womit können wir ihnen dienen, Herr …?"

„Rohr", sagte ich, „Max Rohr, von den *Nachrichten*. Und Sie sind?"

„Marlen Kellerhals. Ich bin die Verwaltung."

„Ich hätte ein paar Fragen zum Brand der Kuhnert-Villa."

„Und wie kommen Sie da auf uns?"

„Die Nachbarn haben natürlich Ihren Firmenwagen gesehen und daraus kein Geheimnis gemacht."

„Ist ja auch keines. Doch die Fragen müssen Sie meinem Mann stellen. Gleich durch diese Türe hier. Möchten Sie einen Kaffee? Oder ein Glas Wasser?"

„Kaffee wäre prima."

Die Tür hinter ihr stand offen. Ich trat ein, und ein bulliger Mann erhob sich von seinem Tisch und kam mir entgegen. Er streckte die Hand aus: „Kellerhals. Nehmen Sie Platz." Er wies auf einen mit Bauplänen übersäten Tisch, um den herum vier Stühle standen. „Die Polizei war auch schon hier. Sie nehmen an, dass einer unsere Arbeiter den Brand verursacht hat. Ich mag das allerdings nicht akzeptieren. Sind alles zuverlässige Handwerker, die sehr sorgfältig arbeiten. Wir haben noch nie ein Problem gehabt, haben bisher unsere Haftpflichtversicherung völlig umsonst bezahlt."

„Haben die Ihnen von der Brandursache erzählt?"

„Nur, dass in der Nähe der Schweissstelle brennbares Material deponiert worden sei. Doch wie gesagt, das kann nicht von meinem Arbeiter stammen. Der Brandexperte war auch hier. Vielleicht hat er sich geirrt."

„Kaum wahrscheinlich. Ich habe mit ihm gesprochen. Er macht mir einen zuverlässigen Eindruck."

„Nun, wie gesagt, es ist ausgeschlossen, dass einer von unseren Leuten etwas Brennbares deponiert hat. Die folgen beim Schweissen genauen Regeln. Und haben alle lange Berufserfahrung. Fahrlässigkeit unsererseits scheidet aus, Punkt."

Frau Kellerhals brachte zwei Tassen Kaffee. Ich

nahm einen Schluck vom heissen Gebräu und sagte: „Danke. Prima Kaffee. Aber wenn Fahrlässigkeit ausscheidet, wird es unangenehm. Denn dann war es Absicht."

„Sabotage? Nicht von einem unserer Leute. Wieso auch? Die alte Dame war sehr lieb zu ihnen. Hat für Getränke gesorgt und sogar in der Pause Sandwichs serviert. Als ich zu einer Inspektion kam, hat sie mit dem Schweisser gescherzt. Es scheint, sie konnte ein paar Brocken Portugiesisch. Für mich heisst das, wenn es Sabotage war, dann von einem Dritten."

„Und dieser Dritte hat genau den Zeitpunkt nach dem Schweissen abgewartet? Er müsste Ihre Leute beobachtet haben."

„Wäre ja möglich. Unser Firmenwagen stand immer in der Einfahrt. Und jedermann konnte zuschauen, wie meine Arbeiter die Schweissanlage am Morgen ausluden und sie am Abend wieder darin verstauten. Wir lassen sie nie an Baustellen zurück, bei bewohnten Objekten wegen der Sicherheit der Bewohner und bei unbewohnten, weil sie sonst geklaut würde."

„Gut. Das war beinahe alles. Eine Frage habe ich noch, aber die ist delikat, und ich möchte niemanden verärgern."

Kellerhals verzog das Gesicht. „Ich weiss, was jetzt kommt. Die Polizei hat auch darin herum gewühlt. Übrigens sind Sie ziemlich gut informiert, haben sicher einen guten Draht zur Polizei. Aber das ist mir egal. Sie reden von Joao. Nun, wir wissen alle, dass Joao ein glühender Kommunist ist, und bei Gelegenheit hält er eine feurige Rede, bei der seine Kollegen allerdings nur grinsen. Ich sage hierzu nur, bellende Hunde beissen nicht. Zudem ist Joao ein lieber, hilfsbereiter Kerl. Ich würde ihm nie böse Absicht unterstellen. Gewiss, falls er angegriffen wird, hat er keine Angst, zu kämpfen. Aber Sabotage? Aus meiner Sicht ausgeschlossen."

„Sagen Sie, es stört Sie nicht, dass Joao Kommunist ist?"

„Nicht solange er seine Arbeit macht und nicht herumagitiert. Ich bin bei der Volkspartei, er ist eben Kommunist. Ich zahle meinen Mitgliederbeitrag beim Gewerbeverband, er den seinen bei der Gewerkschaft. Nein, mich stören eher die Gutmenschen von den Medien, die mir sagen wollen, wie ich moralisch handeln müsse. Alles Typen, die noch nie schweisstreibende, ermüdende Arbeit verrichtet haben, und wenn ich von einem Engländer rede, denken sie an den Brexit und fangen an zu jammern."

Er grinste, und ich musste lachen. „Immerhin weiss ich, was ein Engländer ist. Habe zwar keinen zu Hause."

Kellerhals öffnete eine Schublade und nahm ein flaches Päckchen heraus. Dieses überreichte er mir. „Ein Werbegeschenk für Sie."

In eine Folie eingepackt lag ein blitzender englischer Schraubenschlüssel mit dem Aufdruck 'Kellerhals Sanitär'.

Ich bedankte mich und ging. Im Auto griff ich zum Telefon. Anderegg war im Büro. Ich berichtete ihm das Gespräch wortgetreu. Er sagte: „Das wird ja immer spannender. Ruf mich morgen an, dann können wir uns treffen und das Weitere besprechen."

Hierauf rief ich Stucki an.

„Was sagst du zu einem Bierchen nach Feierabend? Ich zahle."

„Und ich sage zu. War ein mühsamer Tag. Und du
zahlst sowieso, weil du etwas von mir willst."

„Einem wackeren Detektiv bleibt einfach nichts
verborgen. Um sechs Uhr in der Bierhalle. Oder
kannst du dich dort nicht blicken lassen?"

„Ich kann mich überall blicken lassen, wo unsere
Kundschaft verkehrt. Also bis um sechs."

18

Ich sass bereits dort, als Stucki eintrat. Viele Augen richteten sich auf ihn. Ein modisch gekleideter junger Mann winkte ihm sogar frech zu. Stucki blickte den Jungen streng an, worauf dieser in sich zusammensank. Dann setzte er sich, und wir bestellten ein Bier. Eine angesäuselte Hure stellte sich vor uns auf und sagte leicht lallend: „Jetzt stinkts hier plötzlich."

Stucki sagte ruhig: „Setz dich wieder hin und gib Ruhe, Mareili. Hier stinkts nur wenn du dich nach dem letzten Kunden nicht gewaschen hast."

Die Hure zog sich, Verwünschungen murmelnd, zurück.

Stucki hob sein Glas. „Prost Max. Was hast du auf deinem schwarzen Herzen?"

„Sag mal, bist du eigentlich im Fall Kuhnert als Ermittler tätig?"

„Gewiss, aber nur als Laufbursche von Freuler."

Freuler war sein Chef, und die beiden hassten sich. Das war wohl mit ein Grund, dass Stucki mich grosszügig informierte. Unter Freulers Leitung kam kein Korpsgeist zustande.

„Ich war heute bei Kellerhals."

Stucki lachte. „Jetzt weiss ich was kommt. Kellerhals bestreitet Fahrlässigkeit und Sabotage, und ich glaube ihm."

„Ich glaube ihm auch. Denkst du, es könnte ein Dritter beteiligt gewesen sein?"

„Wäre möglich. Auf jeden Fall würde ein geschickter Anwalt mit Kellerhals' Aussage, jeder habe beim Aus- und Einladen der Schweissanlage zusehen können, unsere Anklage gegen den Arbeiter ins Wanken bringen."

„Also doch Silvio Kuhnert, oder jemand, den er bezahlt hat?"

„Kuhnert nicht. Sein Alibi ist gesichert. Freuler glaubt aber an seine Schuld und geht dieser Spur nach. Ich möchte mich da nicht festlegen und ermittle im Umfeld der alten Lydia. Es könnte ja auch sein, dass es jemand auf sie persönlich abgesehen hat."

„Du meinst aus dem Umfeld der Künste?"

„Warum nicht? Da geht's doch um viel Geld und oft um Beschiss."

„Gut. Soll ich als Reporter auch in dieser Richtung suchen?"

„Jede Hilfe ist mir willkommen. Freuler lässt mich machen, aber nur, weil der Kriminalchef mir grünes Licht gegeben hat."

Wir tranken.

„Jetzt schau mal wer da kommt", sagte ich.

Stucki drehte sich um. „Der hat mir gerade noch gefehlt."

Freuler, Stuckis Chef, war eingetreten. Er sah uns und kam gleich an unseren Tisch.

„Aha, Herr Stucki fraternisiert mit der Presse. Das sieht nicht gut aus."

„Leck mich am Arsch, Freuler. Mit wem ich meine Freizeit verbringe geht dich einen Scheissdreck an."

Ich bemühte mich um ein unschuldiges Gesicht und flötete: „Aber, aber, Herr Polizist, Herr Stucki und ich sind zusammen zur Schule gegangen, und daher besprechen wir jetzt die Organisation der nächsten Klassenzusammenkunft."

Freuler hatte dieselbe Schule besucht, zwei Klassen über uns.

„Du hältst die Schnauze, Rohr. Vor allem nachdem eure Zeitung eine solche Ente gemeldet hat."

„Beschwer dich doch besser direkt bei Spiess", sagte ich, einer Eingebung folgend, „er ist schliesslich dein Spezi."

Der Schuss sass. Freuler erbleichte vor Wut. Er knurrte „Arschlöcher!" und begab sich in den Hintergrund des Lokals.

Stucki grinste breit. „Woher hast du gewusst, dass Freuler Spiess' Quelle war?"

„Hab ich nicht. Aber schlagartig entstand das ganze Bild, wie in einem Kaleidoskop. Ich dachte, die denken ähnlich, haben sich beide auf Silvio Kuhnert eingeschossen, er muss es gewesen sein."

„Kommen wir zurück auf einen Dritten. Ich kann dir aufzeigen, wie das hätte gehen können. Der müsste gewusst haben, dass am Nachmittag unter der Badewanne geschweisst worden war. Er müsste ins Haus gelangt sein – eine der Kellertüren zum Garten war übrigens nicht verschlossen – und hätte sich ins Bad geschlichen, was kein Problem war, da die Kuhnert bereits schlief. Dort hätte er das Türchen zur Rohrkammer geöffnet, einen ölgetränkten Putzlappen angezündet und reingeworfen und hätte sich verzogen."

„Kennt Anderegg diese Theorie?"

„Gewiss. Sie stammt von ihm. Wir haben ihn gefragt, was ein Dritter hätte tun können."

*

Auf dem Heimweg nahm ich von einem Take-Away eine Pizza mit. Zu Hause installierte ich mich vor dem Computer und forschte im Internet nach Lydia Kuhnert. Die Suche gestaltete sich mühsam, und zwar nicht wegen zu wenig, sondern wegen zu viel Materials. Lydia Kuhnert war in der Kunstszene sehr aktiv gewesen. Ich erfuhr, dass sie Kunstgeschichte studiert hatte und ihr ganzes Leben in diesem Fach tätig gewesen war – einem Gebiet, das mir vollkommen fremd war. Sie wurde oft interviewt, sprach an Vernissagen und sass im Vorstand einer Stiftung, welche moderne schweizerische Kunst sammelte. Und daneben kaufte sie auch privat Kunstwerk.

Nach mehrstündiger Suche fand ich etwas, das bedeutungsvoll sein konnte. In einem Artikel stand gechrieben, dass Lydia ein Kunstwerk erstanden hatte, wobei sich sowohl die verkaufende Galeristin als auch ihr Künstler beklagten, sie seien übervorteilt worden. Ich schlug im Internet den Künstler nach. Es handelte sich um einen Eisenplastiker. „Bingo", rief ich ins nächtliche Zimmer, „der kann schweissen." Immerhin ein Ansatz, dachte ich und ging zu Bett.

19

Zuerst rief ich Anderegg an und berichtete von Stuckis Hypothese, ein Täter aus der Kunstszene hätte es persönlich auf Lydia Kuhnert abgesehen haben können. Dann berichtete ich, was ich im Internet gefunden hatte. Er fand, es klinge vielversprechend und leuchte ihm von allen Varianten am ehesten ein. „Das gibt nun etwas Polizeiarbeit", meinte er. „Aber da bist du ja nahe daran. Bin froh, wenn du mich weiter auf dem Laufenden hältst."

„Ich werde jetzt ohnehin Stucki anrufen und bin sicher, er wird gleich losspurten."

Stucki war hocherfreut. „Jetzt müssen wir einiges klären. Wie kam der Künstler an die Information, dass und wann geschweisst wurde? Ich nehme mir Kellerhals vor. Und du solltest dich an den Künstler ranmachen. Mir sind da die Hände gebunden, ich kann ihn ohne Einverständnis des Staatsanwalts nicht einfach einbestellen. Und ich möchte meine Ideen – besser gesagt unsere Ideen – noch für mich behalten."

„Mach ich gerne", antwortet ich und schmunzelte. Stucki fieberte danach, den Fall allein zu lösen und Freuler dumm da stehen zu lassen.

*

Der Eisenplastiker hiess Morelli. Er lebte in der Altstadt, besass aber ein Atelier in einem Aussenquartier. Ich rief ihn an und stellte mich vor. Dann erklärte ich, ich arbeite an einem Feature über Lydia

Kuhnert und sei daran, Menschen, mit denen sie zu tun gehabt hatte, zu interviewen. Mit Mitgliedern ihrer Stiftung hätte ich mich bereits getroffen, auch mit einigen Galeristinnen. Und von den ersteren sei mir sein Name genannt worden. Ob ich ihn besuchen könne?

Morelli sagte: „Kein Interesse. Sie wissen bestimmt, dass wir eine Auseinandersetzung hatten. Doch das ist für mich ausgestanden. Ich will nicht darauf zurückkommen."

„Das respektiere ich selbstverständlich. Nur etwas finde ich schade. Die anderen Interviewpartner waren des Lobes voll über Frau Kuhnert. Sie erscheint wie eine Heilige, eine Retterin der Kunst. Ich fand niemanden, der an ihrem Bild gekratzt hätte."

Ich hörte, wie der Mann am anderen Ende des Telefons anfing zu schnaufen. Mit gepresster Stimme stiess er hervor: „Ein solches Bild ist nicht gerechtfertigt. Ich bin gerne bereit, es zu korrigieren. Sie können jederzeit kommen, ich bin zu Hause."

Zu Morellis Wohnung in der Altstadt gelangte ich durch einen idyllischen Hinterhof, und hier stand auf dem Kopfsteinpflaster eine rostfarbene Plastik, die für mich eine Flamme symbolisierte. Von der eisernen Basisplatte aus schlängelten sich Eisenstäbe spiralförmig nach oben, um in der Spitze zusammen zu laufen. Ich machte mit dem Mobiltelefon ein Foto. Noch bevor ich klingeln konnte, öffnete sich eine Tür zum Hof. Morelli war ein untersetzter, muskulöser Mann um die fünfzig. Ich konnte mir gut vorstellen, wie er mit schweren Eisenstücken hantierte.

„Gefällt sie Ihnen?"

„Ja, sonst hätte ich sie nicht fotografiert. Eine Flamme?"

„Richtig. Kommen Sie rein. Ich hab Tee gemacht."

Der Künstler bewohnte einen grossen Raum mit Kochecke, Schlafnische und einem riesigen, mit allerlei Kram bedeckten Tisch in der Mitte. Eine Türe führte vermutlich zu einem Bad. Die Bude war vollgestellt, und die vielen Gegenstände schluckten das wenige Licht, das durch die Fenster des Erdgeschosses ohnehin nur spärlich eindrang. Morelli machte auf dem Tisch mit einer wischenden Bewegung Platz für Teekanne, Zuckerdose und zwei Tassen. Unter den weggeschobenen Papieren sah ich ein paar Zeichnungen, offenbar Pläne für Kunstwerke, sowie Ausschnitte aus Zeitschriften. Zudem erkannte ich einige Fachbücher zur Eisenbearbeitung.

Gleich als ich mich gesetzt hatte, fing er an: „Sie war ein Miststück!"

„Weil sie den Preis gedrückt hat?"

„Nein. Das stört mich nicht. Das ist so üblich. Die Käufer versuchen es immer wieder. Und es ist nicht so sehr mein Problem wie das der Galeristin. Aber sie hat mich fertig gemacht. Hat sogleich Vergleiche mit Tinguely und Luginbühl gezogen und erklärt, an die käme ich nie und nimmer heran. Das kann durchaus sein. Wenn jemand das feststellt, akzeptiere ich es. Aber ich spürte, aus irgendeinem Grund wollte sie mich einfach fertig machen. Irgendetwas an mir provozierte sie."

„Wo fand diese Auseinandersetzung statt?"

„In der Galerie."

„Haben Sie denn Frau Kuhnert schon vorher gekannt?"

„Nur dem Namen nach. Bei meiner Ausstellung in der Galerie sah ich sie zum ersten Mal."

„Und haben Sie mit ihr je wieder Kontakt gehabt?"

„Nein. Die war für mich tot."

„Nun gut. Das reicht mir für mein Feature. Vielen Dank, dass Sie sich die Zeit genommen haben."

„Das war ja kurz. Möchten Sie nicht noch etwas von meinen Werken sehen? Sie sind im Atelier jederzeit willkommen."

„Ich komme gerne, rufe Sie aber vorher an wegen eines Termins."

*

Unterwegs zurück in die Redaktion meldete ich mich bei Stucki.

„Das Motiv wäre vorhanden. Es wäre Rache, weil die Kuhnert den armen Kerl fertig gemacht hat. Und zwar mutwillig. Da sich die beiden vorher nicht gekannt haben, ist ein Grund dafür nicht zu erkennen. Nun müsste man nur noch eine Verbindung vom Eisenplastiker zu Kellerhals finden."

Stucki lachte. „Du wirst dich wundern, die habe ich. Ich fragte Kellerhals, ob er Morelli kenne. Und Kellerhals rief aus, aber natürlich, der hat bei uns vor vielen Jahren Schweissen gelernt. Ich fragte, bei wem genau. Nun, bei Joao, die sind seither befreundet, antwortete er. Wie findest du das?"

„Ich finde das perfekt. Wenn du mich fragst, hast

du den Fall aufgeklärt. Jetzt musst du nur noch dem Staatsanwalt Beweise herschaffen."

„Ich arbeite daran. Und danke für deine Unterstützung."

„Gerne. Eine Hand wäscht die andere."

20

Zwei Tage später war der Fall gelöst. Stucki hatte Joao nochmals einbestellt und ihn mit Hilfe einer Dolmetscherin verhört. Er wollte wissen, ob Joao Morelli von der Arbeit in der Villa Kuhnert erzählt habe. Klar, habe Joao gesagt, sie hätten sich wie oft am Abend zu einem Glas Wein getroffen. Er habe von der tollen Villa geschwärmt und gesagt, er habe mit Freude gesehen, dass im Garten ein Kunstwerk von Morelli stehe. Schöne Eisenarbeit, viel kunstvoller als das, was er, Joao, unter der Badewanne schweissen müsse, obschon auch er sich um eine gute Arbeit bemühe. Morelli sei sehr interessiert gewesen und habe alles wissen wollen.

„Dann liess ich den Künstler kommen. Ich sagte ihm auf den Kopf zu, dass er den Brand gelegt habe. Ich hätte genügend Material für einen Indizienprozess, rate ihm aber zu einem Geständnis. Er gab alles zu."

„Er plante, die Kuhnert umzubringen?"

„Das bestritt er. Er sagte, der Brand sei als Warnschuss gedacht gewesen. Joao habe ihm von einem Brandmelder im Korridor vor dem Bad erzählt, daher habe er nicht erwartet, dass die Feuerwehr so spät komme. Ich liess Joao nochmals antraben und fragte ihn danach. Er erbleichte und fiel in ein verstocktes Schweigen. Dann gab er sich einen Ruck und gestand, den Brandmelder ausgeschaltet zu haben, damit es keinen Fehlalarm gebe – das täten er und seine Kollegen bei Schweissarbeiten regelmässig. Und dann habe er vergessen, den Melder wieder zu aktivieren."

„Verkettung unglücklicher Umstände", stellte ich fest.

„Du sagst es. Ich habe übrigens meine Ergebnisse bei Staatsanwalt Hürzeler deponiert und bin der Held des Tages, während Freuler sich in den Arsch beisst. Und übrigens, er hat mich beim Chef der Kriminalpolizei angeschwärzt, weil er mich mit dir gesehen hat. Ich habe natürlich erklärt, du hättest mir als Informant gedient, was ja auch stimmt, nur die Zeitachse ist ein wenig verbogen. Ich habe deinen Beitrag positiv betont, und sie haben durchblicken lassen, es sei in Ordnung, wenn du noch vor der Pressekonferenz über die Lösung berichtest. Also weisst du, was du zu tun hast."

*

Steinemann war hoch zufrieden und brachte meinen Artikel („Brandfall in der Kuhnert-Villa gelöst – es war Brandstiftung mit einer Verkettung unglücklicher Umstände") auf der ersten Seite, sodass mich alle in der Redaktion beglückwünschten. Selbst Spiess klopfte mir mit säuerlichem Lächeln auf die Schulter.

Trotzdem ging ich zur Pressekonferenz, an der die Polizei über die Lösung des Falls berichtete. Verschiedene Kollegen gratulierten mir zum Scoop. Als der Sprecher mit seinen Erklärungen fertig war und bereit war, Fragen zu beantworten, liess eine sehr junge Kollegin, die für ein linkes Wochenblatt schrieb, den Arm in die Höhe schnellen. Sie wollte vom Sprecher wissen, wieso Kollege Rohr bereits vor

114

der Pressekonferenz an das Material gekommen sei. Sie finde das undemokratisch, erklärte sie.

Der Polizeisprecher amüsierte sich offensichtlich. „Ich verstehe die Bedeutung des Begriffs undemokratisch in diesem Zusammenhang nicht, aber das spielt keine Rolle. Nun, es kommt immer wieder vor, dass einer von Ihren Kollegen die Nase vorn hat und dann halt einen Vorsprung bekommt. Nach meiner Erfahrung würde jeder von Ihnen diese Chance wahrnehmen. Bisher habe ich niemanden getroffen, der einem Kollegen das übel nahm."

Die junge Frau murmelte Proteste, und ich machte mich eilig davon, um ihr nicht in die Fänge zu geraten. Grundsatzdiskussionen über gleiche Rechte wäre ich früher nicht ausgewichen, doch jetzt bereiteten sie mir Abscheu.

*

In meinem Artikel hatte ich erwähnt, dass ein von Anderegg entworfenes Szenario die Lösung des Falls ermöglicht habe. Als ich ihn anrief, sagte er: „Das wäre nicht nötig gewesen, aber danke für die Gratiswerbung. Übrigens, willst du immer noch die Interview-Serie zur Sicherheitskultur machen?"

„Das weiss ich zur Zeit noch nicht. Ich bin wegen des Kuhnert-Falls ganz von diesem Thema abgekommen. Kann ich dir später mitteilen, ob ich weitermachen will?"

„Sicher."

Wieder in der Redaktion, liess mich Steinemann kommen. „Vergiss den Beitrag über die Sicherheitskultur. Nach deinem Erfolg mit dem Kuhnert-Fall habe ich etwas Besseres für dich. Man munkelt von einem grossen Korruptionsfall bei den städtischen Betrieben. Es wäre für uns ein toller Erfolg, wenn wir den zuständigen Stadtrat mit Blick auf die nächsten Wahlen zu Fall bringen könnten."

Er gab mir den Namen eines Kontaktmannes, und ich versprach, diesen sogleich aufzusuchen.

Jetzt war ein Gespräch mit Küng nötig. Ich musste ihm sagen, dass mir wegen des neuen Auftrags die Zeit fehlte, Anderegg weiter auszuspionieren. Ich musste ihm nicht auf die Nase binden, dass ich die Lust dazu verloren hatte.

*

Küng erwartete mich in seinem Salon. Ich kam gleich zur Sache.

„Ich finde, Norbert, über die Eigenheiten von Eugen, die du noch wissen möchtest, könntest du doch einfach mit ihm reden. Er hat doch alle deine und übrigens auch meine Fragen offen beantwortet."

„Du willst mit der Observation aufhören?"

„Ja. An der Zeitung kommt viel Arbeit auf mich zu. Ich hätte gar keine Zeit mehr für etwas anderes."

Küng dachte nach. Dann sagte er: „Hör mal, wir wollen die Sache abschliessen. Vieles hast du erfahren und mir mündlich mitgeteilt, und zu vielen Punkten hat sich Eugen, wie du sagst, direkt geäussert. Schreib mir doch einfach einen Bericht mit all den Kenntnissen, die du hast. Thema: Wie lässt sich Eugens Moral beschreiben. Dann kann ich über das

116

Testament entscheiden. Und sobald ich den Bericht habe, lasse ich dir die zweite vereinbarte Rate auszahlen."

Seine Miene bekam einen wehmütigen Ausdruck. Er fuhr fort: „Wenn ich meinem Unternehmen vor einer weitreichenden Entscheidung stand, habe ich einen externen Berater zugezogen. Der hat die Situation studiert und mir dann einen Bericht mit seiner Beurteilung abgegeben. Das machen wir jetzt mit der Erbschaftsfrage genau so."

Ich atmete auf. Den Bericht konnte ich im Lauf des heutigen Abends verfassen und dann die Sache ablegen.

21

Mit dem fertig verfassten Bericht über die Moral von Eugen Anderegg erschien ich am nächsten Abend bei seinem Onkel Norbert. Der Bericht umfasste drei Seiten. Er enthielt die Personalien sowie sämtliche Fakten, die ich in Erfahrung gebracht hatte, vom versteuerten Einkommen bis zur Gehbehinderung. Ebenfalls aufgeführt hatte ich die üblichen Informationen zu Andereggs Firma. Danach folgte die Beurteilung in Form von zwei Listen. Ich hatte beschlossen, die positiven Punkte – geregeltes Arbeitsleben, berufliches Ansehen, keine Schulden, feste Beziehung – zuerst aufzuführen. Den Abschluss bildete die Liste der Negativpunkte – Einzelgängertum, Technologiegläubigkeit, mangelnde Beachtung oder gar Ablehnung gesellschaftlicher Entwicklungen wie Umwelt- und Klimaschutz, mangelnder Respekt vor den NGOs, Geringschätzung von Gesundheitsinitiativen (hier die Stichworte Rauchen und Fastfood). Ich hatte mir noch überlegt, ob ich einen Punkt 'Zufriedenheit mit seinem Leben' aufführen sollte, es dann aber gelassen aus Unsicherheit, in welche der beiden Listen er gehörte.

Küng war aufgeräumt. Er nahm den Bericht entgegen, blätterte kurz darin, las ein paar Punkte laut vor und sagte schliesslich: „Das müssen wir mit einem Glas Veuve Clicquot feiern."

Er führte mich in seine Bar, öffnete eine Flasche und goss mir ein. Die hellgelbe Flüssigkeit schäumte im Glas, und nach dem ersten Schluck perlte sie nur noch.

„Danke für den Bericht, Max. Die zweite Rate habe ich bereits an dich überweisen lassen, samt abgerechneten Spesen. Ich werde den Bericht noch genauer anschauen, aber ich denke, wir sind uns über Eugen einig. Eigentlich mag ich ihn, trotz seiner abwegigen Ansichten. Und so habe ich mir überlegt, alles in einem Kriterium zusammenzufassen."

„Jetzt bin ich aber gespannt."

„Es geht ums Rauchen. Und da habe ich nur eine Frage an dich. Hat er wenigstens dabei ein schlechtes Gewissen, und sieht er ein, dass es schädlich ist und er besser aufhören würde, wenn er könnte?"

Ich holte Atem. „Das kann ich eindeutig beantworten. Eugen geniesst es, zu rauchen. Dass er sich ein Gewissen macht und die Einsicht hat, es sei schädlich, davon habe ich nicht das Geringste bemerkt."

Norbert seufzte.

„Also dann. Als Erbe kommt er nicht in Frage."

Na gut, dachte ich. Mich dünkte, Anderegg sei auch ohne Erbschaft zufrieden mit seinem Leben. Ein schales Gefühl blieb dennoch. Der alte Norbert hatte die Gelegenheit gehabt, seinen Neffen moralisch zu richten. Dass er ihn zu diesem Zweck hatte ausspionieren lassen, schien er in keiner Weise unmoralisch zu finden. Vielleicht hatte Anderegg so, wie er die guten Menschen sah, doch nicht ganz Unrecht.

*

Ich kehrte nach Hause zurück. Die Nacht war noch jung. Sie war milde, trotz des Herbstes lag eine frühlingshafte Aufbruchstimmung in der Luft. Mag sein, dass ich diese Stimmung selbst hervorrief, weil ich Küngs Auftrag los war. Ich öffnete die Fenster, wie ich es bei Anderegg gesehen hatte, goss mir einen Whisky ein und lehnte mich im Sofa zurück, um über die Ereignisse nachzudenken.

Ich war nicht sicher, ob ich mich schämen sollte. Unser Blatt hat jeweils mit grösster Empörung reagiert, wenn herauskam, dass der Staat oder irgendein Privater Personen ausspioniert und Fichen angelegt hatte. Und was hatte ich denn anderes getan?

Anfänglich hatte ich keine Bedenken gehabt. Anderegg war mir unsympathisch gewesen, ein politischer Gegner wie er im Buch stand. Nun hatte ich ihn näher kennen und sogar schätzen gelernt, und alles sah anders aus.

Ich musste gestehen, dass ich Anderegg bewunderte. Alles, was ich meinem Bericht an Küng festgehalten hatte, kam mir nun unbedeutend und lächerlich vor. Anderegg war bestimmt nicht ohne Fehler und Schwächen, aber sein Wesen schien mir kompakt zu sein. Jedenfalls hatte ich bisher kaum Widersprüche entdeckt.

Am meisten beeindruckte mich, dass er sich die Freiheit nahm, die Trendmeinungen kritisch zu betrachten und selbst zu entscheiden, welche Teile der Informationsflut über die Welt er für wahr hielt. Ich dagegen habe einfach stets mit den Wölfen geheult und werde es weiter tun, weil ich meinen Job behalten will – wobei ich gar keinen anderen finden kann.

Musste ich mich also schämen?

Gegen Ende unserer Ehe hat mir Nicole vorgeworfen, ein Opportunist zu sein. Nun gut, was ist eigentlich schlimm daran? Ich habe Anspruch darauf, von günstige Gelegenheiten zu profitieren. Ich bin vom Leben nicht verwöhnt worden. Bei Anerkennung, Liebe, Geld kam ich – und davon bin ich überzeugt – zu kurz. Wenn ich also als Opportunist weiter komme, ist das vielleicht nicht edel, aber erlaubt.

Also beschloss ich, mich wegen des Ausspionierens nicht zu schämen.

Ich sah allerdings ein, dass diese Angelegenheit für mich noch nicht erledigt war. Ich beschloss, nochmals mit Anderegg zu reden. Morgen früh würde ich ihn anrufen und zu einem Abendessen in einem renommierten Restaurant einladen. Das hatte er auch schon deswegen verdient, weil er mir – wenn auch unwissentlich – zu einem beträchtlichen finanziellen Bonus verholfen hatte.

22

Anderegg fragte, wie er eine solche Einladung verdient habe. Ich versprach, es ihm beim Essen zu sagen. Er lachte und willigte ein. Wir verabredeten uns für den Abend.

Als Gastgeber war ich vor Anderegg da und vertrieb mir die Zeit, indem ich das Lokal auf mich wirken liess. Es war in einem Neubau untergebracht, die Räume waren aussergewöhnlich hoch, ich kam mir vor wie in einem altertümlichen Speisesaal. Der Boden bestand aus Steinplatten, und die Wände waren aus rohem Stein. Ich nahm keine schallschluckenden Materialien wahr, es war viel Lärm zu erwarten. Ich bewunderte die solide Möblierung, die dank modernen Designs leicht wirkte.

Der Servierer brachte die Weinkarte, die einen beachtlichen Umfang aufwies. Als Anderegg kam schlug ich ihm sogleich zum Apéro ein Glas Greco di Tufo vor. Dies war der Lieblingswein meiner Ex-Frau, und ich mochte ihn auch.

„Aha, du willst mich auf europäische Weine einschwören", sagte er schmunzelnd.

„Genau. Aber ich komme dir ein bisschen entgegen. Der Wein muss zwar auch von Süditalien hierher transportiert werden, aber wenigstens nicht von Neuseeland."

„Du findest, man solle den Transportaufwand aus Energiegründen vermeiden?"

„Das finde ich tatsächlich."

„Ich tue das auch, wenn es sich um gleichwertige Güter handelt. Sonst nicht. Und auch wenn ich etwas preiswerter bekommen kann, nutze ich die Gelegenheit."

„Heisst das, du findest die Globalisierung gut?"

„Weder gut noch schlecht. Sie ist einfach da. Ich reagiere darauf weder mit Geboten noch mit Verboten."

„Es macht dir nichts aus, wenn das Produkt unter Ausbeutung der Arbeiter entwickelt wurde?"

„Wurde es das? Oder ist das einfach eine Behauptung? Mag sein, dass die Arbeiter in fernen Ländern mehr schuften müssen und weniger Rechte haben. Aber dabei könnte es sich einfach um den Stand der Entwicklung handeln. Auch bei uns wurde früher viel mehr gearbeitet, zudem härter und ungesünder, da weniger Maschinenkraft zur Verfügung stand. Ich stelle mir vor, andere Völker müssen auch durch diese Phasen hindurch."

„Trägst du dann nicht Mitschuld an den Zuständen?"

„Sicher nicht. Ob ich das Produkt kaufe oder nicht, ändert überhaupt nichts an den Zuständen. Die Frage hat nichts mit den ausgebeuteten Arbeitern zu tun, sondern mit dem Fragesteller. Er hat ein Wertesystem, und er will die Welt anhand dieser Werte messen. Nicht wegen der Welt, sondern wegen sich. Das ist wie bei der Entwicklungshilfe. Die Helfer leisten ihre Hilfe in erster Linie für sich, für ihre moralische Überlegenheit. Schön, wenn für die Empfänger auch noch etwas abfällt. Ob es ihnen nützt ist eine andere Frage."

„Ich finde, du hast ein eher pessimistisches Weltbild."

„Was ist daran falsch?"

„Ich bin der Meinung, man sollte sich bemühen, ein guter Mensch zu sein. Und das tut man, indem man sich für Gerechtigkeit, Frieden und Umweltschutz einsetzt."

„Ist ja gut. Das sind feine Leitplanken. Wie die zehn Gebote. Und sie haben in der menschlichen Realität auch denselben Effekt. Man predigt sie, hält sich aber nur daran, wenn es einem passt. Doch wendet man sie an, um Gegner zu diskreditieren. Ich weigere mich, bei diesem Getue mitzumachen."

„Du verweigerst dich unserem wichtigsten modernen Wertesystem?"

„Genau. Hab mich schon früher verweigert, den gängigen Religionen und Ideologien. Ich versuche trotzdem, ein guter Mensch zu sein, indem für mich sorge. Und für die Mitmenschen leiste ich meinen Beitrag, indem ich Steuern entrichte, um das Sozialhilfesystem zu erhalten. Das reicht meiner Meinung nach aus. Ich muss nicht noch verbal ein Tamtam machen."

„Wie stehst du denn zur Aufnahme von Flüchtlingen?"

„Man kann sich auf den Standpunkt stellen, wir sollten sie aufnehmen. Aber als Ingenieur ist ein solch theoretischer Ansatz für mich wertlos, auch wenn er gut klingt. Zum Beispiel müsste man sich überlegen, wie viele Migranten wir aufnehmen können in unserem Land. Eine Million? Zwei Millionen? Stichworte sind Wohnraum, Arbeitsmöglichkeiten, Gesundheitsversorgung. Jene, die einfach den Grundsatz vertreten, man müsse alle, die kommen wollen, aufnehmen, kümmern sich überhaupt nicht um die Realität. Ich halte das für fragwürdig. Es ist wie mit dem Hungerproblem in der Welt. Es gibt Menschen die sagen, es gebe genügend Nahrung für alle. Doch die vorgeschlagenen Lösungen sind unrealistisch. Sie werden mit Wunschvorstellungen verwechselt. Das ist für mich unseriös. Übrigens, realisierbare Lösungen wie etwa der goldene Reis werden von denselben Kreisen, die gegen den Welthunger kämpfen, abgelehnt. Weil es einer Ideologie widerspricht. Daher ist der ganze Tamtam für mich unglaubwürdig."

Er nahm einen Schluck Wein und fuhr fort: „Für mich bedeutet ethisches Handeln, die Verantwortung für sein Tun zu übernehmen und dessen Folgen einzubeziehen. Eine Ethik, die nur auf einer guten Gesinnung basiert, halte ich für ungenügend. Eine gute Gesinnung reicht nicht, um unser Handeln zu rechtfertigen. Wir müssen auch dessen Folgen abschätzen und verantworten können. Solange das nicht der Fall ist, stehe ich dem Handeln skeptisch gegenüber und halte mich raus. Bin ohnehin ein Skeptiker, wenn es um die Weltverbesserung geht – wie der Esel Benjamin in Orwells Farm der Tiere."

„Ich kann deinen Standpunkt verstehen. Ich denke anders, aber ich akzeptiere deine Denkweise."

„Wie siehst du es denn?"

„Ich denke, wir sollten Menschen auf der Flucht auf jeden Fall aufnehmen. Für mich ist die ethische Gesinnung wichtig. Grundsatz ist, wir müssen ihnen ohne Wenn und Aber helfen. Dadurch entstehen, zugegeben, Probleme. Aber ich meine, wir sind reich genug, um die Herausforderung annehmen zu können. Besonders wenn wir uns solidarisch zeigen und bereit sind, unseren Reichtum zu teilen."

Anderegg dachte nach. Dann sagte er: „Nun ja, mit der Zeit haben wir alle unsere Grundeinstellung gefunden und bleiben dabei, auch wenn wir uns manchmal die Freiheit nehmen, ein wenig davon abzuweichen. Es gibt natürlich Ausnahmen. Zum Beispiel Onkel Norbert."

„Was meinst du damit?"

„Er war jahrzehntelang ein hartgesottener Unternehmer. Und plötzlich bricht er im Alter zu neuen Ufern auf. Das muss mit dem nahenden Tod zusammenhängen. Es kommt mir vor wie ein Aufbäumen gegen die Tatsache, dass sein Leben gelegentlich vorbei ist."

„Jetzt frage ich, wie du es jeweils tust, was ist daran falsch?"

„Nichts. Es ist schwer, sich mit der Tatsache abzufinden, dass mit dem eigenen Tod unsere Persönlichkeit erlischt, alles, was wir erfahren, erlernt haben, was wir empfinden, woran wir uns erinnern. Von all dem können wir der Nachwelt höchstens einen kleinen Teil hinterlassen. Und wenn man nicht dem religiösen Gedanken folgt, dass es ein Weiterleben nach dem Tod gibt, ist es wirklich zu Ende. Ich kann mir gut vorstellen, dass das Onkel Norbert nicht behagt. Also verewigt er sich. Nur, wenn er nicht ein grosses Vermögen hätte, könnte er dies alles nicht tun."

„Als einziger Verwandter wärest du sein Haupterbe. Rechnest du mit der Erbschaft?"

Anderegg lachte herzlich.

„Ach weisst du, das will ich gar nicht. Mir geht es gut. Ich habe, seit ich arbeite, immer ein wenig mehr Mittel als Bedürfnisse gehabt, und das bleibt weiter so. Ich wüsste nicht, was ich mit dem Geld anfangen sollte."

Ich atmete auf. Anderegg entlastete mich mit seiner Einstellung. Er beförderte damit Küngs Auftrag ins Absurde. Darüber war ich froh. Zwischen uns hatte sich nämlich, trotz unterschiedlicher Ansichten, so etwas wie eine Freundschaft entwickelt. Ich merkte, dass er mich ebenso mochte wie ich ihn. Und dabei hatte ich ein schlechtes Gewissen entwickelt, nicht nur, weil ich ihn ausspioniert hatte, sondern weil ich dazu beigetragen hatte, dass er nichts erbte.

Ich fasste einen Entschluss.

„Hör mal, Eugen, ich habe dich nicht zufällig auf dein Erbe angesprochen. Norbert wollte nämlich wissen, ob du würdig bist, als Erbe eingesetzt zu werden."

Anderegg lachte noch herzlicher als vorhin. „Das habe ich mir doch gedacht. Und deshalb hat er dich auf mich angesetzt. Er will deine Meinung haben. Und ich bitte dich sehr, deine Meinung ohne Rücksicht auf mich zu äussern. Wir haben während dieses guten Essens soeben wieder unsere unterschiedlichen Weltanschauungen festgestellt. Deine ist näher bei jener von Norbert, das ist klar."

„Mit dem Erbe verbunden gewesen wäre die Auflage oder mindestens die Erwartung, Norberts Stiftung nach seinem Tod weiter zu führen."

Anderegg lachte wiederum. „Dann hoffe ich doch

sehr, dass er mich nicht als Erbe einsetzt. Norberts Forum zu leiten wäre eine schreckliche Strafe. Lieber am Hungertuch nagen! Aber jetzt muss ich zurück ins Büro."

„Nun, wenn dir das Erbe nichts bedeutet, musst du wenigstens nicht auf das Rauchen verzichten", sagte ich und winkte dem Kellner, um zu zahlen. Anderegg stand auf und sagte: „Das ist doch schon etwas Gutes. Und, Max, das ist nicht unser letztes Essen. Ich führe gerne Streitgespräche mit dir. Das nächste Mal bin ich dran mit der Einladung."